KB267222

아빠가 딸에게 세상을 꿈꾸게 하다

글 | 김성춘　**펴낸이** | 이재은　**펴낸 곳** | 비즈니스세상
편집 | 조혜린, 송두나　**디자인** | 황숙현
마케팅 | 이주은, 이은경, 박용
주소 | 서울시 마포구 서교동 444-16호 영진 빌딩
전화 | 02-338-2444　**팩스** | 02-338-0902
E-mail | everybk@hanmail.net
Homepage | www.ieverybook.com　　www.세상모든책.kr
출판등록 | 1997.11.18. 제10-1151호
초판 1쇄 발행 | 2010년 2월 28일

 **비즈니스세상**은 세상모든책의 임프린트입니다.

잘못 만들어진 책은 바꾸어 드립니다.

아빠가 딸에게
세상을 꿈꾸게 하다

김성춘 글

공부란 무언가를 변화시키는 것

이 세상에는 여러 가지 기쁨이 있지만, 그 가운데서 가장 빛나는 기쁨은 가정의 웃음이다. 그다음의 기쁨은 자녀를 보는 부모들의 즐거움인데, 이 두 가지의 기쁨은 사람의 가장 성스러운 즐거움이다. – 페스탈로치

자식을 낳으며 가장 두려웠던 것은 '어떻게 하는 것이 아버지로서의 바른 길인가?' 였다. 너무나 어린 나이에 아버지를 여읜 나는 가정에서 아버지의 역할에 대해 알 방법이 없었다. 아내는 그런 나에게 '친구 같은 아빠' 가 되어 주길 바라고 있었기에 그 역할에만 충실하려고 했다. 대학에서 아동학을 전공하고, 대학원에서 청소년 복지학을 전공하고, 수많은 교육 현장에서 어려운 환경 속의 아이, 부유한 가정의 아이, 장애를 가진 아이, 영재 소리를 들으며 자라는 아이 등 다양한 아이와 청소년을 지도해 왔으면서도 정작 자식에게만큼은 '친구' 그 이상의 역할은 못했던 것 같다.

그러는 사이 아이는 자랐고 청소년 시기를 거치며 나름 심한 몸살을 앓고 있다. 자신의 인생에 대해서, 자신의 진로에 대해서, 자신의 감정에 대해서, 자신의 변화에 대해서 방황하고 힘들어하는 모습을 지켜봐야 했다. 그것은 내게 더

이상 친구로서 있을 수만은 없는 이유가 되었다.

대신 살 수도 없고, 대신 살아 줘서도 안 될 자식의 인생. 그 인생 앞에서 아버지의 새 역할을 고민하던 중, 나는 '선배'가 되기로 결심했다. 먼저 살아 본 사람으로서, 먼저 아픔을 겪은 경험이 있는 사람으로서 인생과 삶, 생활, 감정, 건강, 학습, 결혼 등 모든 내 경험 속의 지혜를 조언하기로 한 것이다. 물론 모든 선택은 자식의 몫이다. 그러나 적어도 그 방황의 시기를 혼자만 겪는 것이 아님을, 그리고 그 방황을 어떤 생각을 하며 어떻게 보내느냐에 따라 자신의 인생이 달라짐을 알려 줄 수는 있을 것이다.

나는 성장하는 과정에서 좋은 스승과 좋은 벗을 많이 만나 큰 도움을 받았다. 그러나 무엇보다도 아버지로부터 받은 사랑과 교훈, 그리고 모범이 가장 훌륭한 교훈이었다. – 발포아

나는 아버지로서 최선을 다하고자 할 뿐이다. 그리고 무엇보다 무한대의 응원을 자식에게 보내고자 한다. 어떤 선택을 하든, 어떤 과정과 결과를 낳든 나는 내 자식의 아버지요, 내 자식은 나의 딸이다. 이곳에 담은 삶의 지혜를 통해 그저 나의 딸이 방황의 시간을 현명하게 보내길 바랄 뿐이며, 즐겁고 행복한 마음으로 미래를 준비하는 멋진 딸이 되길 기도한다.

김성춘

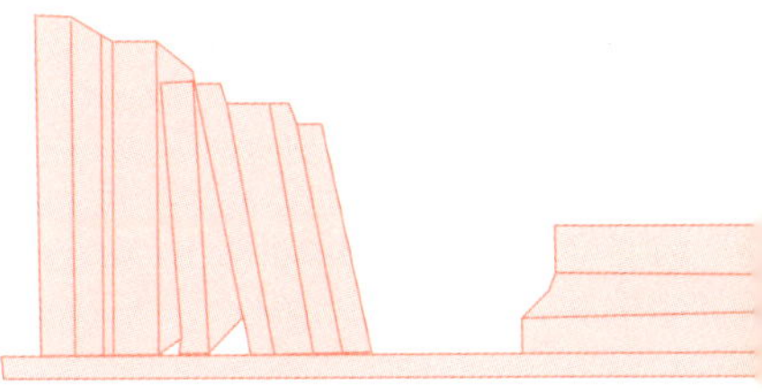

지갑엔 꼭 인생 목표가 있어야 한다!

사람들의 지갑 속에는 무엇이 들어 있을까? 물론 항상 소중하게 여기는 것을 넣고 다니겠지. 그 가운데 돈은 꼭 있을 것이고 말이야. 그런데 돈보다 더 소중한, 반드시 있어야 할 것이 둘 있단다.

첫째는 소중한 사람의 모습이 담긴 사진이야. 대부분의 사람에게 그 사진 속 인물은 가족이 되겠지. 가족만큼 소중한 사람이 어디 있겠니? 연인의 사진을 넣고 다니는 젊은이들도 많겠지만 그도 따지고 보면 가족으로 뭉치고 싶은 소중한 사람일 게다. 하루에도 수없이 꺼내 보는 지갑 속에서 자신의 소중한 사람을 계속 보게 된다는 것은 그만큼 나 자신의 마음가짐을 굳게 다질 수 있도록 해 준단다.

둘째는 아빠가 네게 꼭 부탁하는 거야. 그것을 알려 주기 위해 재미있는 보고서 이야기를 하나 해 주어야겠구나.

1975년 미국 예일대에서 흥미로운 발표를 했어. 1953년부터 무려 22년 동안 예일대 졸업생들을 대상으로 그들의 목표가 어떻게 성취되었는지를 조사한 보고서였단다. 그저 졸업한 다음에 어떤 직업을 가지고 싶다는 막연한 목표를 가진 60%의 사람들은 아주 평범하게 살아가고 있었어. 그나마 그런 목표조차도 가지고 있지 않았던 졸업생 27%는 빈민층으로 살아가고 있었지. 반면 자신이 어떤 일을 할 것인지 뚜렷하고 분명한 목표를 가진 10%는 자신의 전문성을 높여 가며 상류층으로 살아가고 있었어. 중요한 건 지금부터야. 그럼 나머지 3%의 사람들은 누굴까? 바로 자신의 뚜렷한 목표를 글로 적어 가지고 다녔던 졸업생들이란다. 이들은 경제적인 측면뿐만 아니라 사회적 위치에 있어서도 미국 사회를 이끌어 나가는 지도자들이 되어 있었어. 자신이 이루고자 하는 목표를 글로 적고 그것을 자주 읽으며 되뇐다는 것은 그만큼 그 목표를 향해 더 한 발짝 다가선다는 의미가 있는 거란다.

아빠가 너의 지갑 속에 무엇이 있어야 한다고 말하는지 알겠지? 그래, 너의 뚜렷하고 분명한 인생 목표가 담긴 종이. 언제나 그것을 읽으며 네 목표를 잊지 않고 살아가는 딸이 되길 아빠는 소망한단다.

우리 중의 약 95%의 사람은 자신의 인생 목표를 한 번도 글로 기록한 적이 없으며, 글로 기록한 적이 있는 5%의 사람들 중 95%가 자신의 목표를 성취했다. - 존 맥스웰 아빠의 지갑 속에는 항상 세 가지가 들어 있단다. 첫째는 너와 엄마랑 함께 찍은 사진. 네가 다섯 살 때 사진인데 아빠는 그 사진 속 너의 해맑은 웃음이 너무 좋단다. 힘들 때 참 많은 힘이 되었지. 둘째는 빼곡하게 적은 아빠 주변 사람들의 연락처. 아빠는 가끔 그것을 꺼내 아빠 주변 사람들을 떠올리며 그들을 위해 기도한단다. 마지막 셋째는 아빠의 인생 목표가 담긴 종이지. 가족에 대한 최선의 목표와 아빠가 살아가는 이 사회에 기여할 목표를 담아 놓았단다. 아빠의 소중한 딸, 너의 지갑 속에는 어떤 것이 담겨질까? 물론 그 속에 아빠와 엄마의 모습도 있으면 좋겠구나……

꽃망울을 터트리는 순간을 지켜보아라!

첫 직장 생활을 할 때의 일이란다. 서울 한복판 종로 뒷골목에 긴 개나리 꽃길이 있었지. 겨우내 움츠렸던 개나리의 꽃망울이 막 터져 나오는 순간이 너무도 보고 싶어 아빠는 하루도 거르지 않고 그 뒷골목으로 출퇴근을 했단다. 그런데 아무리 시시때때로 살펴보아도 아빠는 꼭 개나리가 노란 꽃을 터트린 다음 날 그 모습을 보게 되는 거야. '내년엔 꼭 꽃망울을 터트리는 순간을 지켜볼 거야!' 다짐하고 또 다짐했지. 하지만 그 직장을 다니는 4년 동안 아빠는 한 번도 그 순간을 지켜보지 못했어.

아빠는 지금까지도 봄기운이 돌면 개나리, 진달래가 꽃망울을 언제 터트리는지 살펴본단다. 단 한 번도 성공한 적은 없지만, 그것이 아빠 나름대로 봄을 맞이하는 방식이 되었지. 아빠만의 봄맞이라고나 할까?

지난주에도 점심을 먹고 뒷산에 올라갔는데, 역시나 어제까지 피지 않았던 진달래가 그날은 이미 붉은빛을 드러내고 말았더구나. 이 글을 쓰고 있는 요즘도 금방이라도 막 필 것 같은 벚꽃 꽃망울이 있어 시간 나는 대로 달려가 꽃망울을 살펴보았는데, 어쩌냐, 그 사이 하얀 꽃망울은 세상을 향해 그 향기를 휘날리고 있었어.

살아오면서 아빠가 가졌던 이 설렘은 누구에게도 방해받지 않는 아빠만의 행복이 되었지.

만약 천국이 있다면 그곳은 온갖 꽃들과 향기로 가득할 것이란 게 아빠의 생각이야. 어쩌면 아빠는 그 천국을 이 세상에서부터 지켜보고 싶었는지도 모른다. 신이 인간에게 준 천국의 선물이 막 도착하는 그 순간에 가장 먼저 달려가고 싶었던 거야.

지상에서 천국을 찾지 못한 자는
하늘에서도 천국을 찾지 못할 것이다.
우리가 어디로 가든 간에,
천사들이 우리 옆집을 빌리기 때문이다.
– 에밀리 디킨슨의 시 중에서

아빠가 보지 못했던 그 순간, 막 꽃망울이 이 세상을 향해 수줍은 미소를 내비치는 그 찰나를 너와 함께했으면 좋겠구나. 그 속의 행복과 기쁨과 평화로움이 네게 전해졌으면 하는 것이 아빠의 마음이란다.

오, 마음이여. 만일 무지한 자들이 그대에게 영혼도 육신처럼 멸할 것이라고 말한다면, 꽃은 죽어도 씨앗은 남는다고 대답하라. 이것이 하늘의 법칙이다. - 칼릴 지브란

PLUS TIP

마음을 졸이며 무엇인가를 애타게 기다린다는 것은 자신 안에 사랑의 씨앗을 심어 놓은 것과도 같단다. 비록 꽃망울이 터지는 그 순간을 지켜보지 못했다 하더라도 첫 번째로 그 꽃망울을 맞이하는 건 네가 될 수 있지. 신은 우리가 알지 못하는 상황에서도 이 땅에 천국이 함께 있었음을 사람들에게 깨닫게 해 주기 위해 그 꽃피는 순간만은 보여 주지 않는지도 모르겠구나. 대신 언제고 첫 번째 인사만은 네가 할 수 있도록 꼭 지켜보거라!

남자의 진면목은
그 사람이 떠난 자리에서 찾아라

아빠가 가르쳤던 학생 중에 퍽이나 마음고생을 시킨 학생이 있었단다. 뭘 발표하라고 하면 "안 하면 안 돼요?"라는 말부터 나왔지. 어떤 이론을 가르쳐 주면 "그런 걸 왜 만들어서 사람을 힘들게 하는지 모르겠어요."라고 말하곤 했단다.

아무래도 아빠는 그 학생에게 자꾸 눈길이 갔고 수업할 때마다 왠지 모를 신경이 쓰였어. 오죽 했으면 '저 학생은 내 수업 시간에 안 들어왔으면 좋겠다.' 라는 생각까지 들 정도였지.

그런데 어느 날, 수업이 모두 끝나고 뒷정리를 하고 있는 아빠에게 그 학생이 다가왔단다. 가르친 내용 중에서 자신의 생각과 다른 것에 대해 이야기를 하는 것이었어. 아빠의 답변이 끝난 후 그 학생은 인사를 하더니 교실 밖으로 나가려다가 다시 돌아왔어. '아직도 이해를 못 했나.' 싶었는데, 뜻밖에도 그 학생은 교실 안의 음료수 병들을 치우며 책걸상을 바르게 옮겨 놓는 게 아니겠니?

“왜 그러니? 뭐라도 찾는 거야?”

“아니요. 다른 사람들이 또 쓸 텐데 깨끗이 청소해 놓아야죠.”

순간 아빠는 멍해졌단다. 단 한 번도 그 학생이 그런 일을 솔선수범할 것이라곤 생각하지 못했어. 나중에 알고 봤더니 그 학생은 반에서 궂은일을 도맡아 한다더구나.

그 이후에 아빠는 수업 시간마다 다른 학생들이 어떻게 하고 자리를 떠나나 살펴보았어. 그런데 수업 시간에 느꼈던 것과 사뭇 달랐단다. 얌전한 모범생이라고 여겼던 학생이 뒤처리는 엉망으로 해 놓는가 하면, 평소 성격 좀 있겠다 싶은 학생이 깨끗이 정리해 놓고 나가는 등 예상과 달랐지. 이 학생들이 훗날 어떻게 살아가고 있는지 이야기를 종종 듣게 되는데, 아빠의 결론은 ‘뒤처리를 잘하는 아이가 삶도 정직하게 산다.’ 라는 거야.

때로는 네가 호감이 있어 다가서는 남자도 있을 것이고, 반대로 너에게 호감이 있어 다가오는 남자도 있겠지. 또 누군가와 사귀기도 할 것이고. 그럴 때 아빠 말을 잘 기억해 두렴. 어디를 가든지 그 남자 친구가 뒤처리를 어떻게 하는지, 그 남자 친구가 과거에 함께 지냈던 모임이나 학교에서 어떤 평가를 받고 있는지 주의 깊게 살펴봐. 네 눈으로 보는 것만이 남자의 전부는 아니란다. 아빠는 네가 남자의 진면목을 그 사람이 떠난 자리에서 찾을 수 있는 현명한 딸이 되길 바라.

진실한 사랑에 빠진 남자는 그 애인 앞에서 어쩔 줄을 몰라 제대로 사랑을
고백하지도 못한다. - 칸트

생각해 보면 남자가 보는 남자와 여자가 보는 남자는 많은 면에서 차이가 있는 것 같더라. 보통 여자들은 남자의 외모와 말솜씨, 그리고 멋지고 능숙한 면에 1차적인 호감을 갖고, 본인에게 잘해 주는 것에 대해 2차적인 마음 열기를 하고, 그 사람이 가진 학벌이나 재산, 집안 등에 3차적인 점수를 주지. 반면 남자들은 남자를 볼 때, 외모는 무시하고 말에 담긴 진실성에서 1차적인 호감을 갖고, 본인과의 공통 관심사와 비슷한 생각에 2차적인 마음 열기를 하고, 그 사람이 가진 앞으로의 꿈과 비전에 3차적인 점수를 주곤 한단다. 이성을 만날 때 동성의 입장으로 바라보고 생각해 보면 또 다른 모습을 발견하게 될 거야.

04 진정한 휴식을 가져라!

《이상한 나라의 앨리스》의 저자였던 루이스 캐럴은 영국 옥스퍼드 대학교의 수학과 교수였단다. 그는 책을 읽으면 늘 산책을 나가곤 했어. 산책을 하면서 자신이 읽은 책의 내용을 음미해 보고 자신의 생각을 덧붙여 나갔지.

그는 어떤 지식이나 정보가 사람의 뇌에 들어가면 처음엔 뒤죽박죽 자리를 잡지 못하고 흩어져 있다고 여겼어. 잠시 휴식을 취하는 사이 그 지식과 정보들이 제자리를 찾고 자신의 지식과 정보로 새롭게 태어난다고 생각한 거지. 그만큼 휴식의 중요성을 강조한 거야.

세상엔 수많은 휴식이 있지만 아빠가 이 땅의 학생들에게 주고 싶은 휴식은 아일랜드의 '꿈의 학년' 같은 것이야. 중학교 과정을 마치면 아일랜드 학생들은 1년간 휴식을 갖는단다. 그것을 꿈의 학년이라고 해. 그 기간 동안 학생들은 자신들의 취미 활동을 하고 세 번의 직업 체험을 하는 것이 전부란다. 그것도 자율적으로 말이야. 그런데 그 꿈의 학년을 마치고 나면 학생들은 고등학교에 가서 전보다 더 열심히 공부한다는구나. 그 사이 자신의 목표가 분명하게 생긴 것이지. 이런 꿈의 학년처럼 교수 생활에도 안식년이란 게 있어. 열심히 연구하고 학생들을 가르치다가 다음 연구를 위해 잠시 휴식 기간을 갖는 것이지.

아빠가 너에게 부탁하는 건 바로 이러한 휴식 기간을 가지며 살라는 거란다. 그것도 잠깐의 휴식이 아니라 주어진 상황에서 조금은 길게 가져 보는 휴식 말이야.

"모든 사람은 그의 능력에 따라 자기가 하고 싶은 일을 할 때에 가장 빛나는 것이다. 그러나 일만 알고 휴식을 모르는 사람은 브레이크가 없는 자동차와 같이 위험하기 짝이 없다."

자동차의 왕, 헨리 포드가 한 말이란다. 진정한 휴식은 다음 활동의 방향을 설정해 주고 더욱 열심히 일할 수 있는 기운을 북돋아 주지. 그리고 주변의 것들에 대해 다시 한 번 감사할 줄 아는 마음도 덤으로 얻게 된단다.

왠지 휴식을 취하면 남들보다 훨씬 뒤처질 것 같은 마음에 불안하지만 실제로는 전혀 그렇지 않아. 오히려 쉴 때 지금까지 자신이 보지 못했던 것들을 발견하게 되고, 그 새로운 것에 대해 꿈도 꿀 수 있지. 물론 이러한 휴식이 가치 있으려면 그만큼 그전에 열심히 살아온 것이

전제되어야 해. 급히 달려가지만 말고 진정한 휴식을 가지며 정진하는
딸이 되었으면 한단다!

근로는 매일을 풍부하게 하며, 휴식은 피곤한 나날을 더욱 값지게 한다.
뿐만 아니라 근로 뒤의 휴식은 높은 환희 속에 감사를 불러일으킨다.
– 보들레르

PLUS TIP

너에게 소중했던 시간들을 떠올려 보렴. 어쩌면 그 안에 아빠가 잠시 쉬었던 1년도 들어 있을지 모르겠구나. 그때 아빠는 네가 학교에 갔다 돌아오면 함께 정원 잔디밭에 물도 주고 토마토, 깻잎을 심어서 먹고 시간 나는 대로 박물관이며 긴 여행도 다녔었지. 오로지 너와 엄마만을 위해 아빠가 쉬었던 그 1년. 돌아보면 아빠에게도 그 시간이 얼마나 소중한지 모른다. 그 휴식 후 아빠는 새로운 분야에 자신 있게 뛰어들 수 있었거든.

너의 역할 모델을 찾아라!

멘토의 유래에 대해서는 들어 보았을 거다. 오디세우스가 트로이 전쟁에 나가면서 자신의 아들 텔레마코스를 친구인 멘토에게 맡기게 되지. 훗날 오디세우스가 기나긴 전쟁을 끝내고 고향으로 돌아와 보니 텔레마코스는 아주 훌륭한 청년으로 자라나 있었어. 그의 친구인 멘토가 선생님으로서, 상담자로서, 때로는 아버지로서 잘 돌봐 주었기 때문이었지. 그 후 멘토라는 말은 한 사람의 인생을 이끌어 주는 스승이요, 상담자요, 정신적 지도자를 뜻하는 말이 되었단다.

한때 아빠는 우리 사회의 지도자들과 학생들을 멘토와 멘티의 관계로 이어 주는 일을 했었어. 그때 학생들의 큰 변화를 옆에서 지켜보았단다. 자신이 꿈꾸는 목표를 이미 이룬 사람에게 어떻게 준비하고, 어떤 일을 해 나가며, 위기에 닥쳤을 때 어떻게 행동해야 하는지 등을 세세히 배울 수 있다는 건 엄청난 축복이야. 이 세상의 많은 위대하고 훌륭한 사람들은 너나 나나 할 것 없이 이 멘토, 즉 역할 모델을 가지고 살아간단다.

2009년 최초의 미국 흑인 대통령으로 취임한 버락 오바마야말로 자신의 역할 모델에 충실한 사람이야. 취임하던 해의 정확히 200년 전인 1809년 2월 12일, 오바마 대통령의 역할 모델이 태어났단다. 그날은 영국에서 찰스 다윈이 태어난 날이지만, 미국에선 링컨 대통령이 태어난 날이지.

오바마 대통령은 어려서부터 링컨 대통령을 자신의 역할 모델로 삼아 링컨의 생각, 링컨의 말과 행동, 심지어 링컨의 식습관까지도 따라 하려고 했지. 충실히 역할 모델을 따라가다 보면 어느새 자신도 그와 같은 삶을 살게 된단다.

너도 이제 진지하게 너 자신의 역할 모델을 찾아보렴. 네가 닮고 싶고, 꼭 그 사람처럼 되고 싶은 사람을 찾는 거야. 그 사람이 위인일 수도 있고 때로는 주변의 인물일 수도 있어. 중요한 것은 그 사람에게서 훌륭한 면모를 발견했다면 네 스스로 그것을 실천해 나가야 한다는 거란다. 역할 모델은 마치 비행기의 자동 항법 장치와도 같아서 네 삶이 다른 방향으로 가거나 잘못된 길로 들어서면 곧 너의 항로를 바꾸어 제자리로 돌아오게끔 해 줄 거야. 너에게 멋진 역할 모델이 생겼으면 싶구나.

PLUS TIP

　　　　아빠는 운이 좋아서 이 세상을 살면서 참 많은 지도자를 만나고 지냈단다. 때로는 우리나라의, 또 때로는 세계의 리더들을 만나면서 늘 그들로부터 무엇인가를 하나씩 배웠지. 그런데 아빠에게 있어 역할 모델은 예나 지금이나 한결 같단다. 아빠는 페스탈로치를 역할 모델로 삼아 살아왔지. 그처럼 되기 위해 참 많은 일을 한 것 같구나. 먼저 아이들 편에 서서 생각하려 했고, 어려운 아이들을 위해 늘 기부와 봉사를 생활화했고, 비슷한 생각을 가질 수 있는 제자를 키우기 위해 애썼어. 아빠가 이른 나이에 역할 모델을 찾은 덕분에 그만큼 방황하지 않고 살아왔다고 생각해. 너에게도 그 역할 모델이 누가 되든지 네 삶을 언제나 지탱해 줄 거라 아빠는 믿는다.

진짜 공부를 해라!

아빠가 대학을 다닐 때 학교 교훈이 '진리가 너희를 자유케 하리라.' 라는 것이었지. 당시 아빠는 그 말이 무슨 뜻인지 잘 이해할 수가 없었단다. 그로부터 20년이 지난 어느 날 우연히 영어로 된 이 문장을 보게 되었어. 'The Truth will set you free.' 진리가 사실이라고? 아빠는 그때 큰 충격을 받았단다. 이런 단순한 사실을 아는데 어째서 20년이나 걸렸을까? 사실대로 말하고, 사실대로 행동하면 사람은 언제나 당당하고 편한 마음을 가질 수 있지. 결국 진리란 것도 사실대로 말하고, 사실대로 행동하는 데서 나온다는 것을 아빠는 뒤늦게 깨달은 거야.

그런데 말이야. 만약 아빠가 의문이 나는 것을 꼬리에 꼬리를 물고 계속 파고들어 갔다면 어떻게 되었을까?

한번 국어사전으로 꼬리 물기식 공부를 해볼까?

먼저 진리를 찾아보자. 진리(眞理)란 '참된 이치 또는 참된 도리'를 말한다고 나오지. 여기서 그럼 이치(理致)를 다시 찾아보면, '사물의 정당한 조리'를 뜻한다고 나와. 다시 조리(條理)를 찾으면 '말이나 글 또는 일이나 행동에서 앞뒤가 들어맞고 체계가 서는 갈피'라고 나온단다. 결국 진리란, 말이나 행동이 들어맞는 것이야. 아빠가 찾았던 '진리=사실' 관계란다. 여기서 한발 더 나아가 네가 만약 체계를 찾았다면 넌 더 큰 의미를 알게 될 거야. 체계(體系)란 '일정한 원리에 따라서 낱낱의 부분이 짜임새 있게 조직되어 통일된 전체'를 뜻하지. 깊이 생각해 보렴. 자연의 법칙을 찾아가는 과학은 자연의 일정한 원리를 밝혀내는 것이야. 세상의 모든 물질은 서로 끌어당기는 힘이 존재한다는 것을 찾아내는 것처럼 말이다. 그것이 곧 자연의 진리란다. 바로 자연이 알려 주는 사실이지.

공부는 이렇게 해야 한단다. 앞으로 네가 할 공부는 시험에서 좋은 점수를 얻기 위한 것이 아니라 너에게 진리를 알려 줄 수 있는 공부, 즉 너에게 사실대로 말하고 사실대로 행동할 수 있게 도와줄 수 있는 공부를 해야 해. 그러기 위해선 네가 궁금한 것, 네가 다르게 생각하는 것들을 끝까지 파헤쳐 들어가는 꼬리 물기식 공부 방법을 익혀야 된단다. 그것이 너에게 지혜를 줄 것이고, 너를 자유롭게 만들어 줄 거야.

에디슨이 전구를 발명했을 때 그랬지.

"나는 9,999번의 실패를 한 것이 아니라 9,999번 전구에 불이 켜지지 않는 이유를 발견한 것이다."

하나에서 막히면 그것을 해결하기 위해 다시 더 깊이 파고들고, 다시 막히면 또 그것을 해결하기 위해 다시금 더 깊이 파고들어 가야 한단다. 그 모든 것이 결국 너에게 판단을 제대로 내리게 해 주고, 제대로 볼 수 있게 해 주는 진짜 공부가 될 거야.

노(NO)를 거꾸로 쓰면 전진을 의미하는 온(ON)이 된다. 모든 문제에는 반드시 문제를 푸는 열쇠가 있다. 끊임없이 생각하고 찾아내어라.
– 노먼 빈센트 필

PLUS TIP

아빠가 책을 읽거나 공부를 하는 방법은 소위 DDR 기법이란다. 먼저 Divide(분산하여 보기)를 하는 거야. 독서법에서는 이를 신토피칼 독서법이라고 해. 한 가지 주제에 대해 여러 권의 책을 살피며 다양한 견해를 이해한 후 내가 무엇을 읽고자 하는지 정하지. 그다음 Deep(깊이 보기)을 하는 거야. 정독하면서 궁금한 것, 더 찾을 것 등을 메모하며 읽는 것이지. 마지막으로 Run(끊임없이 생각하기)을 하는 거야. 메모한 것들을 수시로 보면서 계속 그 생각을 이어가는 것이지. 아빠에겐 꽤 괜찮은 독서법(=공부법)이었단다. ^*^

서번트 인맥을 관리해라!

기자 초년생 시절, 아빠가 배운 교육 중에 '인맥 관리'가 있었단다. 각 분야의 일을 누구보다 먼저 알아야 하는 기자의 특성상 분야별로 핵심 인맥을 취재원으로 두고 그들을 효과적으로 관리하는 방법이었지. 그 덕분에 발로 뛰지 않아도 세상 돌아가는 일이나 사건, 이슈 등을 발 빠르게 확인할 수 있었어.

그런 영향 때문인지 기자 생활을 그만둔 이후에도 비슷한 습성이 남아 있더구나. 그래서 아빠 주변의 사람들은 늘 아빠에게 어떤 상황이나 정보를 묻곤 했어. 아빠가 누구보다 빠른 정보를 누군가로부터 들었을 거라고 한결같이 믿었거든. 그 믿음은 오히려 점점 더 많은 정보를 아빠에게 집중하도록 만들었지. 왜냐하면 이야기를 듣는 도중에 알게 되는 것도 있었고, 아빠를 통해 더 많이 알려지기를 원하는 것도 있었거든.

그런데 10년쯤 한 분야에서 인맥을 갖게 되다 보니 나름대로 새로운 법칙을 발견하게 되었어. 그게 바로 '서번트 인맥 관리'야. 사람들은 보통 인맥 관리라 하면 자신에게 도움이 될 만한 사람들을 먼저 떠올린단다. 그들을 잘 관리해야 자신에게 도움이 될 일이 많아지기 때문이지. 아빠도 처음에는 다른 사람들과 똑같았어. 그 덕분에 많은 주변 사람을 취직시키게 되었지. 보통 1년에 10명 내외의 사람들을 취직시켰던 것 같아.

그렇게 한 해 한 해가 지나면서 전혀 다른 상황이 전개되기 시작했단다. 신입 사원으로 들어갔던 그 사람들이 어느새 각 기업, 각 단체의 주요 직책을 맡은 책임자가 된 거야. 그들은 여전히 아빠에게 새롭고 참신한 인물을 찾아 달라고 하지. 그들은 사람을 뽑아야 하는 책임자가 되어 있었고 무엇보다 아빠를 신뢰했으니까. 돌이켜 보면 아빠의 의도와 전혀 다른 상황이 발생한 거야. 아빠는 워낙 동료나 아빠의 후배들을 챙기는 습관이 있어. 그래서 그들을 더 챙겨 주는 동료이자 선배로 살아왔고, 그들이 아빠의 새로운 인맥을 구성하게 된 것이란다.

사랑하는 딸아! 나보다 아랫사람, 나의 도움이 필요한 사람들을 섬기는 서번트(servant) 인맥 관리를 하다 보면 시간이 지날수록 네 자신도 놀랄 만큼 그 규모나 범위, 영향력이 넓어질 거다. 물론 사사로운 개인 감정을 버리고 진심으로 그들을 위하는 마음에서 인맥 관리를 한다면 너는 너의 능력 이상의 역할을 할 수 있는 사람이 될 거야.

PLUS TIP

예전에 회사를 다닐 때 쇼핑몰 운영에 대한 교육을 받은 적이 있었단다. 그때 강사는 아주 젊은 사람이었는데, 큰 성공을 거둔 쇼핑몰의 대가였지. 그가 알려 준 성공 비결 중 하나가 고객 무한 감동이었는데, 어쩌면 그것 또한 인맥 관리가 아닌가 싶구나. 처음 쇼핑몰을 열었을 때 그 젊은 사장은 물건 하나를 보낼 때마다 카드에 손으로 직접 감사의 글을 썼단다. 제품을 사용할 때 경험자들의 이야기도 함께 섞어 가면서 말이야. 그랬더니 자신의 정성에 감동을 하는 고객들이 있었고, 그들로부터 답신이나 추가 주문이 있으면 더욱 정성을 쏟았다는구나. 결국 그 사람들이 전국 곳곳의 쇼핑몰 홍보 요원처럼 활동해 주었고 자신의 성공 밑거름이 되었다는 거지. 자신과 인연을 맺은 사람에게 최선을 다하는 것! 그것이 인맥 관리의 출발이 아닐까 싶다.

취미로 악기 하나쯤은 다루어라!

얼마 전 카이스트 총장이 인터뷰에서 밝힌 내용 중에 이런 대목이 있었단다. 어떤 학생이 카이스트에 입학하길 원하느냐는 질문에 "악기 하나쯤은 제대로 다룰 줄 아는 학생이었으면 좋겠다."라는 것이었지. 악기를 다룰 줄 아는 과학 인재라? 사실 1938년 개교 이래 노벨상 수상자만 7명을 배출한 미국의 브롱크스 과학고등학교에서도 가장 역점을 두는 수업 중 하나가 바로 예술이란다. 우리가 잘 아는 아인슈타인 역시 뉴욕의 카네기 홀에서 바이올린 콘서트를 가질 만큼 바이올린 선율을 즐겼지.

이것은 비단 천재들에게 국한된 것은 아니란다. 세상을 살다 보면 힘들고 어렵고 괴로운 일이 우리에게 밥 먹듯이 찾아오지. 그때 그 사람을 위로해 주고 안정감을 되찾을 수 있게 도와주는 것이 바로 예술이야. 그 가운데 악기 연주는 종류에 따라 누구나 쉽게 다가설 수 있는 좋은 소재지.

혹시 영국의 종교 화가였던 조지프 프레드릭 와츠(1817~1904)가 그린 'hope(소망)' 이란 그림을 본 적이 있니?

한 여인이 허름한 옷을 입고 지구 위에 앉아 있는데, 그녀의 눈은 천으로 가려져 있어. 그런 그녀가 하프를 연주하려고 하지만, 그마저도 악기의 줄은 하나만 남아 있지. 하지만 말이야, 그녀는 온 마음을 다해 그 하프를 연주하려고 하지. 화가는 그 모습을 '소망이 깃든 영혼' 이라고 보았어. 실제로 이 그림을 접한 어렵고 힘들고 지친 수많은 사람이 용기를 얻었다고 하는구나.

사랑하는 나의 딸에게도 그런 소망과, 그런 용기를 찾아줄 수 있는 악기가 하나쯤 있었으면 좋겠다. 잘 다루고 못 다루는 건 아무 상관 없어. 오로지 네 마음을 위로해 줄 수 있는 악기라면, 연주하는 동안 네가 다시 새 기운을 찾을 수 있다면, 그것만큼 소중한 벗도 없을 테니까!

어떤 악기든 연주하는 것은 쉬운 일이다. 당신이 해야 할 것은 맞는 건반을 적절한 때에 누르는 것뿐이다. 그러면 악기는 스스로 연주하게 된다.
– 요한 세바스찬 바흐

　　프랑스 작곡가 생상스의 '동물의 사육제'를 잘 들어 보렴. 관현악 모음곡인데 아마 너도 한 번쯤 들어 보았을 거야. 마음을 편안히 갖고 들어 보면서 상상을 해보렴. 너는 어떤 악기로 이 아름다운 선율을 더해 갈까? 아빠도 너가 연주하는 악기 소리를 들으면 너무도 행복할 것 같구나……．

반대하는 사람에게 갈채를 보내라!

아무 이유도 없는데 그냥 괜히 그 사람이 밉게 느껴진 적 있니? 아니면 누군가로부터 괜히 미움을 샀던 적은? 사람의 감정이란 참으로 묘하다는 생각이 든다. 그런데 만약 반대 이유가 분명하거나 내가 어쩔 수 없는 상황에 놓인 일로 상대방의 미움을 샀다면 어떨까?

태종의 셋째 아들인 세종대왕(1397~1450)은 충녕 대군 당시에 세자로 책봉되면서 많은 반대파를 맞이하게 되었단다. 그 가운데 청렴하고 백성들의 존경을 받았던 황희(1363~1452)가 있었지. 황희는 충녕 대군의 세자 책봉을 반대하며 스스로 관직을 버리고 서민으로 돌아갔어. 나중엔 유배까지 가게 되었지.

그런데 세종대왕은 왕이 된 후 자신을 반대했던 황희를 다시 불러들여 벼슬을 내렸단다. 누구도 이해할 수 없는 행동이었지. 그 후 황희는 계속 벼슬이 높아졌고 마침내 신하로서는 가장 높은 벼슬인 영의정에 올라 18년간 세종대왕을 보필한단다. 그것도 세종대왕의 신임을 가장 많이 받는 신하로서 말이야. 어떻게 그게 가능했을까? 그 모든 것의 출발은 바로 먼저 마음을 연 세종대왕 때문이란다. 자신을 반대하는 사람이라도 그 사람의 재능과 인품을 인정한 세종대왕. 또한 반대하는 사람들의 이야기를 잘 귀담아들으며 오히려 자신의 약점이나 문제점을 고쳐 나간 세종대왕. 우리가 세종대왕을 위대한 성군으로 칭송하는 것도 어찌 보면 그런 성품을 가졌기 때문일 게다.

사람은 누구나 자신을 좋아해 주고 자신을 따르는 사람을 옆에 두기 마련이지. 그러나 모든 것이 완벽한 사람은 없듯 나를 반대하고 나에게 어떤 지적을 하는 사람이 존재한다는 것은 나를 그만큼 더 성숙시키고 발전시키는 원동력이 될 수 있단다. 어떤 것을 논의하거나 토론을 할 때도 마찬가지야. 반대 의견이 없다면 더 이상의 발전 기회를 잃어버리는 것이지.

혹시 정반합의 논리에 대해 들어 봤니? 철학자 헤겔의 논리 전개 방법의 하나로 어떤 주장이나 논리(정)가 있으면 그것에 반대되는 논리(반)가 서로 갈등을 빚다 서로를 보완한 새로운 논리(합)가 만들어진다는 거야. 인간의 역사도 이와 비슷하게 발전했단다. 그리고 한 개인의 생각도 그렇게 발전을 하는 경우가 많지. 누군가 너를 반대하는 사람이 있다면 그 사람에게 갈채를 보내거라. 그가 너를 더 성숙시켜 줄 사람이니까!

PLUS TIP

반대하는 이유가 분명하면 그 사람과 이야기를 통해 나를 변화시키거나 그 사람의 마음을 변화시키면 되지만, 만약 이유 없는 반대이고 이유 없는 미움이라면 어찌해야 할까? 아빠에게도 그런 경험이 있단다. 그 사람을 본다는 것이 참으로 괴롭고 힘든 일이었지. 그런데 방법이 있더구나. '더 친절하게 다가서기! 대신 그 사람의 이유 없는 상처는 마음속에서 무시하기!' 시간이 다소 걸리기는 했지만 결국 그 사람도 생각이 변해 마음을 열고 다가오게 되었단다. 함께한 시간은 미운 정이든 고운 정이든 깊은 정을 들게 하거든!

괴로울 땐 일찍 자라!

화가 났을 때 그 화를 슬기롭게 대처하는 방법을 아니? 먼저 화가 나려고 하면 마음속으로 1부터 10까지 세는 거야. 그다음 화가 난 그 장소에서 다른 장소로 이동해. 나를 화가 나게끔 만든 상대방으로부터 멀어지는 것이지. 그리고 다른 곳에서 한참을 보낸 뒤 마음을 조금 가라앉히고 그 장소로 돌아와 다시 이야기를 하는 거야. 이런 방법을 취하면 화난 감정이 아니라 조금은 차분해진 상태에서 조근조근 이야기를 나눌 수 있단다.

이런 방법은 괴로울 때도 마찬가지야. 괴로운 일이 생기면 사람은 아무리 생각을 하지 않으려고 해도 그 생각에서 벗어날 수 없어. 그럴 때 최고의 방법은 아예 생각을 접는 거야. 그러기엔 잠이 최고지. 만약 너에게 괴로운 일이 생기면 곧바로 집으로 돌아와 일단 잠부터 자거라. 일찍 잠자리에 들면 아주 조용한 새벽녘에 잠이 깰 거야. 그때 조금은 차분한 마음으로 이런저런 생각들을 더듬어 가다 보면 널 괴롭히는 그 문제에 대해 차근히 답을 찾아낼 수 있을 거란다.

또 다른 방법으로 앞서 말한 것과 정반대의 방법도 있어. 땀을 흘리는 것이지. 땀이 흠뻑 날 정도로 노래를 한다거나 운동을 하면 기분이 나아지거든. 그렇지만 이건 그 순간뿐이란다. 어차피 그 괴로움에 대한 답을 찾아야 할 거라면 괴로울 땐 일단 잠을 청하고 편안한 마음에서 다시 그 문제를 해결해 나가는 게 더 좋은 방법이야.

행복해진다는 것 - 헤르만헤세

인생에 주어진 의무는 다른 아무것도 없다네.

그저 행복하라는 한 가지 의무뿐.

우리는 행복하기 위해 세상에 왔지.

그런데도 그 온갖 도덕, 온갖 계명을 갖고서도

사람들은 그다지 행복하지 못하다네.

그것은 사람들 스스로 행복을 만들지 않는 까닭.

인간은 선을 행하는 한 누구나 행복에 이르지.

스스로 행복하고 마음속에서 조화를 찾는 한.

그러니까 사랑을 하는 한 사랑은 유일한 가르침,

세상이 우리에게 물려다 준 단 하나의 교훈이지.

모든 인간에게 세상에서 한 가지 중요한 것은

그의 가장 깊은 곳 그의 영혼

그의 사랑하는 능력이라네.

보리죽을 떠먹든 맛있는 빵을 먹든 누더기를 걸치든 보석을 휘감든

사랑하는 능력이 살아 있는 한, 세상은 순수한 영혼의 화음을 울렸고

언제나 좋은 세상, 옳은 세상이었다네.

좋은 잠이야말로 자연이 인간에게 부여해 주는 살뜰하고 그리운 간호부다.

- 셰익스피어

PLUS TIP

몸살을 앓다가도 한 번 깊은 잠을 자고 나면 마치 몸살이 나은 것 같은 느낌이 든단다. 마음도 그래. 깊은 잠을 자며 그 괴로움을 다른 세상에 두고 오렴.

11

바르지 못한 눈앞의 이익은
과감히 내려놓아라!

평상시 잘 생활하던 사람들이 한순간에 자신을 망치게 되는 대부분의 경우가 바로 눈앞에 보이는 이익을 추구했기 때문이란다.

가장 위대한 발명가로 이름을 날리는 에디슨에게도 치명적인 오점이 하나 있었지. 바로 자신의 에디슨 전기 회사 직원이었던 테슬라와의 싸움이야.

그 사건의 발단은 에디슨 자신이 발명한 직류의 방식으로 전기 회사를 차린 것이었어. 테슬라는 직류보다는 교류가 먼 곳으로 전기를 송전하는 데 더 유리하다는 것을 알게 되었지. 그래서 에디슨에게 이를 보고했지만, 에디슨은 이미 전기 회사를 직류 방식으로 설립한 다음이어서 눈앞의 막대한 이익을 포기할 수가 없었던 거야.

결국 에디슨은 교류가 위험하다는 주장을 펴며 자신의 이익을 챙기기 위해 과학자로서의 양심을 버리게 된단다. 그 사실이 뒤늦게 알려지면서 에디슨은 엄청난 지탄을 받게 돼. 이처럼 사람은 누구나 눈앞에 있는 이익을 쉽게 포기하지 못한단다. 그것이 화를 불러일으킬 줄 알면서도 선뜻 마음의 결정을 내리지 못하지.

현재도 수많은 정치인과 지도자가 눈앞의 이익을 챙기다 감옥에 가는 경우가 허다하단다. 자신의 권력이나 지위 때문에 자연스럽게 파고드는 유혹과 이익을 떨쳐 버리지 못한 결과들이지.

비단 지도자가 아니라 평범한 사람들에게서도 이런 일은 수없이 발생한단다. 만약 옳지 못한 이익이 생기거나 그런 유혹이 있으면 꼭 멀리 하여라. 유혹과 이익은 너의 판단력을 흐리게 하고, 결국은 큰일을 치르게 만들지도 모르니까.

자신의 노력과 땀으로 정당하게 발생한 이익 그리고 누구에게나 드러내도 떳떳한 이익. 그런 이익만을 너의 것으로 취하고, 나머지는 반드시 내려놓아라.

★ 갈택이어(竭澤而魚) : 연못을 말려 고기를 얻는다는 말. 눈앞의 이익만을 추구하여 먼 장래는 생각하지 않음을 가르침.

★ 견리망의(見利忘義) : 이익을 보면 의리를 잊음.

★ 당랑포선(螳螂窺蟬) : 사마귀가 매미를 잡으려고 엿본다는 말로, 눈앞의 이익에 어두워 뒤에 따를 걱정거리를 생각하지 않는다는 뜻.

PLUS TIP

살면서 깨달은 법칙 중 하나는 '내가 이익을 포기하는 순간, 더 큰 이익이 곧 찾아온다.'라는 것이야. 결국 이익을 포기하는 것은 더 큰 이익을 얻을 수 있는 기회를 잡는 것과도 같지. 너도 이 삶의 법칙을 많이 겪었으면 좋겠구나. 사람들은 누구나 자신에게 이익을 주는 사람을 더 챙기는 법이란다.

12

일의 우선순위를 정해라!

3C를 기억하니? 아빠가 강영우 박사님(우리나라 최초의 맹인 박사 1호, 미국 백악관 정책차관보 역임)과 책을 집필하게 되면서 알게 된 개념이지. 미국에서 대통령이 직접 추천하고 국회의 허락을 받아 임명되는 500명의 국가 지도자 선발 기준이란다. 인격(Character), 실력(Competence), 헌신(Commitment). 이 세 가지가 바로 그것이야. 이 가운데 실력에는 핵심이 되는 요소가 있어. 그게 바로 '일의 우선순위를 정할 줄 아는 능력'이란다.

일에는 크게 네 가지 종류가 있어. 아주 시급하면서 중요한 것, 시급하지만 중요하지 않은 것, 시급하지 않지만 중요한 것, 그리고 시급하지 않으면서 중요하지도 않은 것. 일을 해 나갈 때에는 우선 시급하면서 중요한 것을 챙겨야 한단다. 그리고 시급하지 않지만 중요한 것을 따로 메모해 두어 계속 잊지 않으면서 시간이 될 때 시급하지만 중요하지 않은 것을 틈틈이 해 나가는 것이지.

예를 들어 운동선수라고 생각해 보자. 며칠 후면 중요한 시합을 앞두고 있어. 그런 너에게 시급하면서 중요한 것은 그 시합이 될 거야. 시합에서 이기기 위해 상대편에 대한 분석을 하고 필요한 전술을 짜서 그것을 연습하겠지. 그런데 운동선수로서 체력이나 기록을 갱신하는 것은 너에게 당장 시급하지는 않지만 중요한 것일 거야. 반면 가까운 사람이 병원에 입원했다고 하자. 시합을 앞둔 너에게는 병문안을 가는 것이 시급하지만 꼭 중요한 것이라고 볼 수는 없어. 이럴 때는 시합을 이기기 위한 연습을 하면서 항상 너의 체력과 기록을 점검하고 시간이 허락될 때 잠시 병문안을 다녀오는 것이 현명한 것이란다.

사실 사람들이 하는 많은 걱정은 필요없는 걱정에 불과한 경우가 많아. 어니 젤린스키가 쓴 《느리게 사는 즐거움》에서 사람들이 하는 걱정을 조사해 보니, 일어나지 않을 것을 걱정하는 것이 40%, 이미 일어난 것을 걱정하고 있는 것이 30%, 그리고 아주 사소한 것을 신경쓰는 것이 22%, 도저히 바꿀 수 없는 일에 4%를 고민한다더구나. 결국 96%가 불필요한 걱정이라는 것이지. 나머지 4%만이 자신이 고민하여 해결책을 찾을 수 있는 걱정거리야.

마찬가지로 일의 우선순위를 정할 때도 꼭 지금, 그것도 네가 해야만 하고 할 수 있는 일을 먼저 행하는 것이 좋단다.

언제나 일의 우선순위를 정해 놓고 일한다면 시간을 효율적으로 사용할 수 있고 능률도 배로 올릴 수 있어. 아빠는 네가 그런 현명함이 있는 딸이길 바란다.

PLUS TIP

아빠의 수첩을 보고 한 지인이 매우 놀라워한 적이 있단다. 아빠는 해야 할 일을 카테고리 중심으로 중요 단어를 정리하고, 그것을 매일 다시 체크해 나가는 습관이 있어. 그렇게 되면 매일매일 우선순위가 정해지고 그날에 집중해야 할 일이 눈에 쏙 들어오지. 그 방법이 바로 아빠가 중요한 것을 잊지 않고 일을 해 나가는 방법이었거든. 그 지인은 아빠의 신속한 일 처리 비밀을 궁금해했는데, 그 수첩의 메모들을 보고 알게 된 거란다. 너도 매일매일 우선순위를 다시 정리해 나가는 습관을 가져 보면 놀라운 일상생활의 변화를 경험하게 될 거야.

네게 주어진 축복의 순간을 놓치지 마라!

사람들은 과학의 발견이나 발명이 우연에 의해 이루어졌다고 말들 하지만 아빠의 생각은 조금 다르단다. 누구에게나 그 우연의 법칙이 적용되는 건 아니란 말이지.

만유인력 하면 사람들은 뉴턴의 사과나무를 떠올리곤 해. 사과나무에서 떨어지는 사과를 보며 뉴턴이 만유인력의 법칙을 발견했다는 일화가 너무나 유명하니까.

하지만 그 우연이 있기 전 상황을 아는 사람은 많지 않은 것 같구나. 고향으로 돌아온 뉴턴은 그날이 있기 며칠 전부터 케플러의 행성 운동과 데카르트의 기계론적 자연관 등에 대해 깊은 생각에 빠져 있었단다. 달의 움직임에 관해 자기 나름대로 여러 가설을 세워 놓고 이런저런 궁리에 빠져 있었던 거야.

그때 하나의 움직임이 그의 눈에 포착된단다. 바로 사과가 땅으로 떨어지는 움직임, 즉 하나의 '운동'을 발견한 거지. 뉴턴은 자신이 생각하고 있던 행성 운동과 이 사과의 운동을 연결시키며 마침내 '모든 사물은 서로 끌어당기는 힘이 존재한다.' 라는 가설을 완성시킨 거란다. 결과적으로 뉴턴은 자신에게 주어진 순간을 놓치지 않은 거야.

이와 비슷한 경험을 아빠도 한 적이 있단다. 학창 시절 아빠는 학생 과학 발명품 경진 대회에 나간 적이 있어. 군 대회에서 특상을 받고, 도 대회에서 특상을 받아서 전국 대표에 나갈 수 있게 되었지. 그런데 막상 대표 출품작을 어떤 것으로 해야 할지 갈피를 잡지 못했어. 유일하게 잡은 방향은 '일상생활에서 불편했던 것을 편리하게 해 줄 수 있는 것' 을 만들겠다는 생각뿐이었지. 그래서 주말마다 불편한 일상을 경험하기 위해 일부러 어렵게 일하는 현장들을 돌아다녔단다.

그러다 마침내 주제를 잡았는데 그것이 '도배 자동 장치' 였어. 벽에 풀칠을 하는 것이 여간 힘든 일이 아니거든. 매일 풀칠을 자동으로 할 수 있는 방법을 찾아 온갖 자료를 뒤지고 다녔지.

그런데 어느 날 한참 그 생각을 하던 중에 우연히 잡지에서 신문을 인쇄하는 인쇄 기계를 보게 된 거야. 순간, "아!" 하는 탄성이 절로 나오더라. 종이가 인쇄 기계에 들어가 인쇄되는 것처럼, 벽지가 들어가면서 풀칠이 되게 만들면 되는 거였어. 그렇게 해서 아빠의 도배 자동 장치는 완성되었지.

지금은 더 많은 것이 개량되어 나온다고 들었는데 그 발상을 어렸을 때 아빠가 해냈다는 것이 여전히 스스로 자랑스럽단다.

한 가지 일에 몰두하면 반드시 그 해결책을 만나는 순간이 있어. 꼭 그 순간을 놓치지 않았으면 한다. 몰두하면 축복의 순간은 반드시 네게 찾아올 거야!

본래 우연이란 없다. 무언가를 간절히 필요로 하던 사람이 그것을 발견한다면 그것은 우연히 이루어진 것이 아니다. 자신이, 자기 자신의 소망과 필연이 그것을 가져온 것이다. – 헤르만 헤세

PLUS TIP

1880년대 파스퇴르는 당시 유행하던 탄저병과 콜레라 전염병을 연구하고 있었단다. 그런데 어느 날, 그의 실험실에서 연구원이 실수로 닭에게 콜레라 균을 주입하는 걸 잊어버리게 되지. 며칠 후에야 콜레라 균을 주사했는데 특이하게도 그 닭이 죽지를 않는 거야. 파스퇴르는 그 이유를 알기 위해 며칠을 고심 고심 또 고심했어. 그러다 며칠 동안 약해진 세균이 병을 일으킬 수 없었고 오히려 닭에게 병을 이길 수 있는 항체가 만들어진 것은 아닌가 하는 생각까지 이르렀지. 파스퇴르의 생각은 맞았어. 그는 우연한 발견을 놓치지 않고 계속 연구했고 마침내 세균을 약하게 한 액체를 만들게 되었단다. 그것이 바로 우리가 예방 주사

로 맞는 백신이지. 우연은 누구에게나 오지만, 그로 인한 영광은 순간을

놓치지 않는 자에게 주어진단다.

가까운 이가 널 공격하거든 너 자신을 돌아보아라!

살다 보면 가까운 친구나 동료, 지인과 갈등을 빚게 되는 일이 종종 발생한단다. 때로는 상대방이 오해할 수도 있고, 때로는 내가 오해할 수도 있지. 그런가 하면 오해가 아니라 너무나 가까이 생각했기 때문에 실수를 하게 되는 경우도 많아. 만약 살면서 너와 가까운 이가 널 이유도 없이 공격하거든 그 사람과 상관없이 오직 너 자신을 돌아볼 기회를 가져라. 너의 습관적인 말과 행동 속에서 큰 결점을 찾을 수도 있을 테니까!

흩어져 있던 몽골 족을 통일하고 마침내 대제국을 세우며 원나라의 태조가 되었던 칭기즈 칸의 재미있는 일화가 있단다. 하루는 칭기즈 칸이 부하들과 매를 데리고 사냥을 나갔는데, 그날따라 한 마리도 사냥감을 잡지 못했지.

성으로 돌아온 칭기즈 칸은 큰 실망감에 자신이 혹시 부하를 해칠지도 모른다는 생각을 하게 되었고, 결국 다시 매를 데리고 홀로 사냥을 나갔단다. 그런데 여전히 사냥감을 구하지 못한 칭기즈 칸은 너무도 목이 말라 물을 찾아 돌아다니게 되었지.

마침 바위틈 사이로 흘러나오는 물을 발견하곤 물 잔을 놓아 그 물을 받았어. 막 물 잔을 들이키려 하는데 매가 '툭' 하고 잔을 엎어 버리는 거야. 화가 났지만 다시 물 잔을 채웠지. 그런데 이번에도 매가 물 잔을 떨어뜨렸단다. 잔뜩 화가 난 칭기즈 칸은 평소 화가 났을 때처럼 칼을 꺼내 한 손에 쥐고는 물 잔을 다시 채워 물을 마시려 했어. 역시나 이번에도 매는 칭기즈 칸의 손에 상처를 입히면서까지 물 잔을 쏟았단다.

결국 칭기즈 칸은 그 매를 칼로 베어 버리고 말았지. 그런데 그때 바위 위쪽 물 고인 곳이 그의 눈에 들어왔어. 그곳엔 독사들이 득실거리고 있었고, 그 물이 바위틈 사이로 흘러내리고 있었던 거야. 매는 그것을 모르는 칭기즈 칸의 생명을 구하기 위해 그런 행동을 한 것이지.

자신에게 호의적이었던 상대방이 특별히 거친 행동을 보인다면, 그건 필시 분명한 이유가 있는 거야. 대부분 그 원인은 너에게서 나온단다. 누구보다 그들은 널 잘 알고 널 위하는 사람들인데 단지 오해만으로 그런 행동을 하긴 쉽지 않기 때문이란다.

익숙한 것은 눈에 보이지 않는 법이야. 무심코 내뱉는 내 말이나 내 행동이 나에겐 너무도 익숙해서 그 결점조차 흐려지지. 그것을 애정 어린 마음으로 내게 다소 공격적인 말이나 행동을 할 수 있는 건 가까운 사람들뿐이란다. 그 일로 서로 멀어지지 않을 거라고 믿기 때문에 말이야.

PLUS TIP

아빠가 한 직장의 사업본부장으로 있었을 때의 일이란다. 워낙 매출이 늘지 않아 아빠는 경영 컨설턴트인 친구에게 부탁하여 사업본부의 문제점을 진단하게 했지. 그런데 이것저것을 며칠 동안 확인하던 그 친구가 모든 문제의 원인이 아빠에게 있다는 거야. 그때 얼마나 화가 났는지 모른단다. 잘 해보기 위해 그 친구까지 불렀는데 아빠에게 무슨 잘못이 그리 많다는 건지 화부터 났어. 그런데 그 친구에게 조목조목 이야기를 듣고 보니 너무도 맞는 말이더구나. 아빠는 워낙 일을 즐겼기 때문에 한 번에 여러 사업을 동시 진행했고 직원들은 거기에 맞추느라 너무도 지쳐 있었던 것이지. 물론 나중에 친구에게 미안하다고 말했단다. 그리고 새삼 깨달았지. 가까운 친구이기에 아빠에게 모진 말을 할 수 있었다는 것을!

15

새로운 요리는 좋아하지 않는 재료를 사용해라!

노벨문학상을 수상한 조지 버나드 쇼의 주옥 같은 말 중에 "음식에 대한 사랑처럼 진실된 사랑은 없다."라는 말이 있단다. 사실 음식에 대한 유혹은 누구도 피하기 어렵지. 특히나 자신이 좋아하는 음식은 아무리 배불러도 조금이라도 더 먹고 싶은 게 사람 마음일 게다.

고기를 좋아하는 아빠는 자율 배식 식당을 가면 그 '쏠림 현상'이 눈에 확 뜨인단다. 고기와 야채가 섞여 있는 음식이 있으면 고기만 쏙쏙 담아내지. 물론 고기만 있는 건 더 이상 담지 못할 만큼 잔뜩 담고 말이야. 그래서 늘 주변 사람들로부터 몸에 좋은 야채 좀 먹으라는 소리를 수도 없이 듣곤 했어.

그러다 어쩔 수 없이 아빠 혼자 자취 생활을 시작하면서 아침, 저녁을 해 먹다 보니 상황이 바뀌었어. 균형된 식사를 하지 않으면 건강에 큰 무리가 오겠다는 불안감이 든 거지. 그래서 이런저런 궁리를 하던 끝에 우선 아빠가 무엇을 주로 먹고 사는지부터 살펴보았단다.

  첫째는 햄과 계란을 부쳐 고추장에 비벼 먹는 걸 제일 많이 먹더구나. 둘째는 오징어 볶음, 셋째는 돼지고기 김치찌개였어. 그래서 어떻게 하면 야채를 많이 먹을까 궁리하다가 아빠가 제일 즐겨 먹는 음식들에 야채를 넣어 요리를 하기로 결심했지.

  햄과 계란을 부쳐 고추장에 비벼 먹는 건 그야말로 비빔밥이야. 아빠는 상추, 깻잎, 새싹 등을 잘게 썰어서 그 비빔밥에 같이 넣어 먹기 시작했단다. 야채의 거북스런(?) 느낌 없이 맛있게 먹을 수 있었지. 오징어 볶음은 요리 방법을 아주 다르게 바꿔 버렸어. 양상추를 적당한 크기로 썰어 놓고 채 썬 당근과 양파를 그 위에 얹은 후에 소스를 뿌리고 마지막으로 그 위에 적당한 크기의 오징어를 올려놓는 거야. 결국 오징어 한 조각을 먹기 위해선 여러 야채를 같이 먹을 수밖에 없지. 돼지고기 김치찌개에도 쑥갓, 깻잎, 부추 등을 넣고 끓였단다. 이렇게 해서 먹으니까 어느새 적절한 양의 야채를 섭취하게 되었어.

  여전히 아빠는 이 방법을 고수하고 있단다.

  '새로운 요리를 할 때는 반드시 좋아하지 않아 평소 먹지 않았던 음식 재료를 사용한다.'

  너도 요리를 할 때면 그 조화를 잘 맞춰 보렴. 은근히 새로운 경험을 하게 될 거야.

건강을 유지하는 유일한 길은 원하지 않는 것을 먹고, 좋아하지 않는 것을 마시고, 하기 싫은 일을 하는 것이다. – 마크 트웨인

PLUS TIP

아무리 생각해 봐도 아빠가 제일 맛있게 야채를 먹었던 건 역시 '엄마표 LA스시'인 것 같다. 적당한 크기의 김 위에 밥을 얹고 그 위에 피망, 깻잎, 당근, 양파 등 갖은 야채들을 채 썰어 올린 후 간장 소스를 뿌려 김밥처럼 돌돌 말아서 먹던 그 맛! 역시 그 맛은 잊을 수가 없어. 너도 너만의 요리법을 개발해서 주변 사람들에게 큰 기쁨을 나눠 주렴. 지금 생각해 보니 네 엄마가 그 요리를 해 준 건 야채를 잘 먹지 않던 아빠를 위해서가 아닐까 싶다. 그것이 사랑이겠지!

16

효과적인 방법으로
책을 읽어라!

삶이란 자기가 가고자 하는 방향이 분명해야 그곳에 빨리 도달할 수 있단다. 책을 읽을 때도 마찬가지지. 자신이 읽는 책을 통해 무엇을 알고 무엇을 얻고자 하는지가 분명해야 책을 효과적으로 읽을 수 있다는 말이야.

아빠가 나름대로 판단한 방법은 이렇단다. 예를 들어 영국으로 출장을 가기 위해 영국에 관한 책을 읽어야겠다는 생각이 들면 우선 인터넷으로 영국에 관한 각종 정보를 찾아본단다. 그리고 그 배경 지식을 가지고, 영국에 관해 더 깊이 이해할 필요가 있는 책을 10권 정도 선택하지. 그런 후 서점에 나가서 그 책을 쭉 살펴보는 거야. 이때는 소위 '점검 독서'라는 방법을 선택한단다. 책 앞뒤의 글을 읽고, 저자의 서문과 목차를 유심히 살펴본 후 중요한 장이라고 생각하는 부분만 몇 장 읽어 보는 거야. 그럼 그 책이 어떤 성격의 책이며 대략 어떤 내용들이 주를 이루겠구나 하는 생각이 든단다. 그렇게 살펴본 후에 비로소 자신이 읽을 책을 선택하는 거야.

책을 선택했으면 가고자 하는 방향을 정하듯 먼저 질문지를 만들어야 해. 이 책을 읽으며 내가 어떤 것들을 알고 싶은지 쭉 적어 보는 거야. 그렇게 질문지를 만들어 놓고 책을 읽으면 읽을 때도 책에 쉽게 집중할 수 있게 되고, 무엇보다 내가 알고자 하는 정보나 지식 등을 효과적으로 찾아낼 수 있지.

책을 읽을 때는 반드시 한 손에 연필을 쥐거라. 네가 중요하다고 생각하는 부분, 그리고 잘 이해가 되지 않는 부분 등에 밑줄을 긋는 거야. 책을 모두 읽은 후 밑줄 그은 부분만 다시 집중적으로 읽으면 책의 중요한 부분도 정확히 파악할 수 있고 모르던 부분까지도 반복적으로 읽는 과정에서 이해가 된단다(이렇게 밑줄 긋는 방법은 링컨 대통령과 퀴리 부인이 애용하던 방법이야 ^*^). 물론 부족한 부분이 있다면 그와 관련된 책을 더 읽어야겠지.

이런 방법으로 책을 읽으면 한 권의 책으로 수많은 지식을 네 것으로 만들 수 있단다. 그리고 그다음에 읽을 책을 선택할 때도 큰 도움이 돼. 자신이 가고자 하는 길을 선택하기 전에 전체를 먼저 살피고, 가고자 하는 길이 정해지면 하나씩 짚어 가며 가는 것. 그것이 효과적으로 책을 읽는 방법이란다.

PLUS TIP

에디슨이나 아인슈타인은 어려서 바보 소리를 들은 천재로 유명하지. 그런데 이 천재들이 어떤 방법으로 남들보다 뛰어난 머리를 가지게 되었는지 아는 사람은 드문 것 같다. 이들이 한 방법이 바로 '존 스튜어트 밀' 독서법이라고 하는 거야. 어려서부터 고전을 쭉 탐독하는 방법이란다. 그런데 이 방법의 핵심엔 두 가지 비밀이 있어. 네게 그 방법을 알려 줄게. 첫째는 내용이 이해가 되지 않는 부분이 있을 때 스스로 그 답을 찾아야 한다는 거야. 그 책을 여러 번 반복해서 읽거나 이해할 수 있는 다른 책을 더 살펴서 답을 스스로 알아내는 것이 존 스튜어트 밀 독서법의 첫 번째 핵심이야. 둘째는 반드시 기록으로 남겨야 한다는 것이란다. 네가 알게 된 부분이나 밑줄 친 부분은 따로 기록을 해 두어서 자주 그 문장들을 읽는 거야. 그러다 보면 어느새 그 책이 네 삶 속에 살아 있음을 깨닫게 될 것이야. 기억하렴. 책은 읽는 것이 중요한 게 아니라 어떻게 읽어 무엇을 깨달았느냐가 중요하단다.

언제나 다른 관점을 찾기 위해 노력해라!

아빠가 한창 학생들과 수업을 할 때의 일이란다. 학생들에게 해 뜨는 장면을 그리도록 했지. 너도 잠시 머릿속에 그 장면을 떠올려 보렴. 어떤 모습을 상상했니? 학생들의 그림은 딱 두 가지였어. 하나는 옆으로 선을 긋고 그것을 바다라 하고 그 선 위에 둥그렇게 해가 떠오르는 모습을 그린 것. 또 하나는 산을 그려 놓고 그 산 위로 막 떠오르는 해를 그린 것. 넌 어떤 그림을 그렸니?

그런데 이 장면을 외국의 학생들에게 그리라고 하면 전혀 다른 그림이 나온단다. 특히 러시아 학생들에게서 가장 많이 나오는 그림은 둥그런 지구를 그리고 그 너머에 해가 있는 장면이야. 왜 이렇게 다를까? 이유는 간단해. 지금까지 받아 온 교육의 결과란다. 언제나 우리는 비슷한 생각, 같은 생각, 통일된 생각을 은연 중에 강요받아 온 셈이지.

그런데 지금부터는 다른 삶을 살아야 한단다. 네가 고정 관념으로 가지고 있던 것들을 훌훌 털어 버리고 언제나 다른 관점을 찾기 위해 노력해야 해.

예를 하나 들어 보자. 지름길은 언제나 가장 짧은 거리를 말하는 것일까? 사전을 찾아보면 지름길의 의미는 '멀리 돌지 않고 가깝게 질러 통하는 길'로 되어 있지. 그런데 두 번째 뜻도 있단다. 바로 '가장 쉽고 빠른 방법'이라는 것이지.

만약 네가 산을 오르려고 한다면 산에서의 지름길은 어디일까? 가파른 직선의 길일까? 아니면 굽이굽이 돌아가는 완만한 길일까? 산에서의 지름길은 완만한 길이란다. 왜냐하면 가파른 길은 짧은 대신 절대 쉽지도 않고 빠르지도 않아. 오히려 돌아가는 것이 훨씬 빠르고 쉬운 방법이지. 이처럼 네가 어떤 고정 관념에 빠져서 세상을 살게 되면 너는 딱 네가 살아온 방식처럼만 생각하고 행동하게 된단다. 삶의 발전을 위해서라도 꼭 다른 관점을 찾기 위해 노력하거라.

전에 10명의 학생이 참가해서 한 주제를 가지고 발표하는 곳의 심사를 맡은 적이 있었어. 참가 학생 10명 중 1등은 10만 원, 2등은 5만 원, 3등 2명에게는 각각 3만 원씩 총 4명의 학생에게 모두 21만 원의 상금이 주어졌지. 그런데 아빠가 보니까 상을 받지 못하는 나머지 학생들은 애써 준비했지만 아무것도 돌아가지 않는 거야.

한참 생각을 하다 다음 해에 시상 방법을 바꿨단다. 1등은 2만 원, 2등도 2만 원, 3등도 2만 원. 그리고 나머지 7명의 학생은 모두 노력상으로 상금을 각각 2만 원씩 준 거야. 결국 상장은 달라도 상금은 모두 같았어. 오히려 전체 비용은 1만 원이 줄었지. 그런데 10명의 학생이 모두 자기가 주인공인 것처럼 즐거워하는 모습을 보았단다. 1등을 한 학생에겐 상금이 줄어든 대신 영광이 그대로 돌아갔고, 노력상을 받은 학생은 큰 영광은 주어지지 않았지만 자기도 그 자리에까지 온 기쁨을 누릴 수 있었지. 관점을 바꾸면 언제든 새롭고 좋은 방법과 아이디어를 찾을 수 있는 거야.

누구도 해낸 적 없는 성취란, 누구도 시도한 적 없는 방법을 통해서만 가능하다. - 프란시스 베이컨

PLUS TIP

다른 관점을 생각하는 가장 좋은 방법은 소위 역발상이라는 거란다. 반대로 생각해 보는 것이지. 네가 옳다고 생각하는 것이 있을 때 그것이 옳지 않다는 가정을 해보는 거야. 네가 좋다고 판단한 것의 좋지 않은 점은 무엇이 있는지 판단하는 것이지. 사물을 위에서 보았다면 사물을 아래에서 보는 것처럼 말이다.

반드시 메모하는 습관을 가져라!

아빠가 만든 책을 외국에 수출했을 때의 일이란다. 서울 도서전에서 그 출판사 사장님을 만나 이야기를 시작하게 되었지. 한 번에 30권 이상을 수출하게 된 일이라 받을 인세도 엄청 컸어.

"인세는 6%로 하고, 선인세는 권당 1,000불로 하겠습니다."

선인세란 계약과 동시에 상대방에서 지불해야 하는 돈이지. 아빠는 그걸 평소에 늘 가지고 다니는 메모 수첩에 기록을 하고 출판사 사장님에게 보이며 "이 금액을 말씀하시는 게 맞지요?" 하고 보여 주었지.

그 후 출판사 사장님은 자신의 나라로 돌아가고 약 한 달이 지나 계약서가 왔어. 그런데 인세는 6%가 맞는데, 선인세가 권당 800불로 적혀 있는 거야. 바로 잘못 적혔다고 메일을 보냈지. 그랬더니 답신에 그게 맞다고 하는 거야. 어떻게 할까 고민했지. 그냥 800불로 할까도 생각했어.

그런데 다른 건으로 메모 수첩을 뒤지다 그때 선인세를 메모한 것이 눈에 들어왔단다. 스캔을 해서 메일로 보냈지. 그제서야 그 출판사 사장님이 기억난다면서 자신이 말한대로 권당 1,000불로 수정해 계약서를 다시 보내 주었어.

또 한번은 텔레비전을 보다가 어떤 질병에 대해서 무료로 치료해 주는 사람들을 보게 되었단다. 혹시나 해서 그 단체의 이름을 메모해 두었지. 그로부터 몇 년 후였어. 어느 날 아빠가 강의를 하는데 쉬는 시간에 수강생 한 명이 찾아와 상담을 요청했어. 이야기를 듣다 보니 어떤 질병에 걸렸는데 돈이 없어서 치료를 받을 수 없는 딱한 상황이더구나. 그렇게 강의를 마치고 집으로 돌아오는데 순간 메모지에서 그 단체의 이름을 발견했어. 몇 년 전에 메모했던 그 무료 치료소의 담당 질병이 아빠가 상담했던 사람의 질병과 같다는 것을 알게 되었지. 곧 연락을 했고 그 사람은 경제적인 어려움 없이 치료를 시작하게 되었어.

사실 메모의 힘은 대단하단다. 아빠의 경우와 같은 일들도 있고, 또 새로운 아이디어를 얻을 수도 있고, 시간이나 경제적인 낭비를 줄일 수도 있지. 우리가 잘 아는 뉴턴은 대단한 메모광으로도 유명해. 일생 동안 뉴턴이 메모한 종이만 쌓아도 3층 높이가 훨씬 더 된다는구나. 그만큼 뉴턴의 수많은 발견과 발명은 그의 메모장에서 시작되었다고 볼 수 있지.

네가 어려서부터 늘 궁금했던 것의 답이 나왔니? 아빠의 외투엔 왜 항상 볼펜과 메모 수첩이 있을까? 바로 아빠가 놓칠 수 있었던, 기억에서 지워질 수 있었던 수많은 기록과 정보가 그 안에 살아 있기 때문이란다. 너에게도 너만의 예쁜 메모 수첩이 있었으면 좋겠구나. 그리고 그 메모 수첩이 너에게 항상 소중한 벗으로 살아 있기를 소망해 본다.

아이디어란 자칫하면 사라져 버리는 그런 무상한 것이므로, 그것을 어디에든지 어떤 형태로든지 정착해 두도록 해야 한다. 더 좋은 아이디어를 생각해 내기 위해 메모는 없어서는 안 될 수단이다. - 다케우치 히토시

PLUS TIP

메모를 할 때는 날짜와 장소, 시간 그리고 네 기억에 도움이 될 만한 연상 단어들을 같이 적어 놓거라. 그래야 나중에 그게 어떤 의미에서 한 메모인지 기억이 더 잘 난단다. 메모의 양이 많아지면 나중엔 왜 그것을 메모했는지조차 기억나지 않을 수도 있으니까!

주제가 있는 여행을 경험해 봐라!

　전에 미국의 20여 개 도시를 혼자서 돌아다닌 적이 있어. 각 도시의 어린이 박물관을 탐방하는 일이었지. 처음엔 신기하고, 재미있는 것이 너무나 많아서 열심히 사진을 찍고 기록도 아주 많이 했단다. 관련 자료도 담당자들에게서 많이 챙겨 점점 가방은 가득 채워져 갔지. 그런데 5개 도시가 넘어가면서 '뭐야, 이전 도시들과 비슷하잖아.' 하는 생각에 슬슬 짜증이 나더구나. 아빠는 비슷비슷하게 보이는 박물관의 전시품들이 차츰 식상해져 갔어. 당연히 자료도 덜 챙기게 되고 말이야.

　그렇게 절반 정도의 도시를 다녔을 때의 일이란다. 그날은 마침 휴일이라 호텔에서 머물며 그동안 모은 자료들을 볼 기회를 가졌지. 그러다 놀라운 사실을 알게 된 거야. 대부분의 어린이 박물관엔 'I am a Poet' 이란 코너가 있단다. 흩어져 있는 단어들을 조합해서 자기 나름대로의 문장이나 예쁜 시를 지어 보는 것이지. 아빠는 그게 늘 똑같은 어린이 박물관의 전시물이라고 생각했어. 그런데 거기에 놓인 단어들이 다른 거야. 그 지역의 역사와 문화, 지리적 특징들을 잘 표현한 단어 들과 박물관에서 기획한 주제와 관련된 단어들이 놓여 있는 것이지.

다시 말하면, 그 단어들을 잘 관찰하면 그 박물관이 무엇을 지향하는 지, 아이들의 어떤 점에 역점을 두고 있는지를 알 수 있었던 것이란다. 그다음 방문하는 어린이 박물관부터는 그 단어들을 적기 시작했어. 그 리고 다른 전시물들과 연관해서 살펴보게 되었지. 아빠는 지금까지 그 어떤 책에서나 자료에서도 알 수 없었던 것들을 발견해 나갔고, 그 재 미에 푹 빠져 나머지 일정들을 아주 재미있게 보낼 수 있었단다.

아빠가 네게 그래도 잘해 준 게 있구나 싶은 것이 바로 '주제가 있는 여행' 이야. 네가 어렸을 때 아빠는 직장 일로 적어도 한 달에 한 번은 이색 박물관을 탐방해야 했지. 그때는 네가 학교에 들어가기 전이라 아빠는 꼭 너를 데리고 전국 방방곡곡 이색 박물관을 다녔단다. 아빠 가 취재하는 동안 마냥 들쑤시고 돌아다니던 네가 생각 나는구나. 그 런데 그 일을 3년쯤 하니까 넌 놀라울 만큼 변화를 보였어. 어느 날부 터 네가 전시물들을 비교하고 있었던 거야.

"아빠, 이건 지난번에 봤던 것보다 훨씬 커. 그런데 무늬가 없네."

넌 우리나라 박물관들의 전시물이 지역마다 다른 특색을 가지고 있 다는 것을 그 어린 나이에 체험을 통해 깨달은 거지.

아빠는 이렇게 한 가지 주제를 가지고 긴 여행을 해보길 권한다. 그저 색다른 것을 봤다는 차원이 아니라 넌 그 주제에 관해 서서히 전문가가 되고 있는 네 자신을 만나게 될 거다. 그리고 살면서 그러한 경험들이 얼마나 소중한지 일상생활 속에서 느끼게 될 거야.

자기와 다른 사람들을 개선하려고 나라를 떠나는 자는 철학자이지만, 호기심이란 맹목적인 충동에 사로잡혀 여행을 떠나는 자는 방랑자에 지나지 않는다. – 고울드 스미스

PLUS TIP

주제가 있는 여행을 떠나기 전에 반드시 할 일이 있단다. 바로 그 주제에 관한 정보나 지식을 책을 통해 많이 가지고 있어야 한다는 것이지. 사람은 아는 만큼 보고 온단다. 네가 많은 것을 알고 떠나면 그 여행지에서 얻는 것이 그만큼 많아진다는 것을 기억하렴.

좋은 것을
뒤로 미루는 버릇을 바꿔라!

피는 못 속인다고 너도 아빠와 똑같은 버릇이 있더구나. 바로 '좋은 것을 뒤로 미루는 버릇' 말이야. 그런데 아빠가 평생 그렇게 살아보니까 가능한 일찍 바꿀 필요가 있더라.

아빠는 돈을 지불할 때 늘 지저분한 지폐부터 먼저 내민단다. 깨끗한 돈을 아꼈다가 나중에 쓰려고 하는 거지. 그러다 보니 늘 지저분한 돈만 사용하고 있는 거야. 그런데 할머니는 반대로 하시더라. 늘 깨끗한 지폐를 먼저 사용하시지. 그러니 가지고 있는 돈 중에 늘 깨끗한 것만 사용하는 셈이 되는 거야.

음식을 먹을 때도 아빠는 좋아하지 않는 음식을 먼저 먹어. 싫어하는 음식을 빨리 먹어 치우고 한가로이 기분 좋게 맛있는 음식을 먹기 위해서지. 그런데 싫어하는 음식을 먹다 보면 입맛도 잃고 어느새 배가 불러 정작 좋아하는 음식은 생각처럼 맛있게 먹지를 못하겠더구나.

일을 할 때도 마찬가지야. 여러 가지 일 중에 선뜻 하기 싫은 일부터 하지. 그 일을 빨리 끝내고 신나는 일을 하려고 말이야. 그러다 보니 많은 시간을 싫어하는 일만 하고 있는 거야. 정작 좋아하는 일을 할 시간이 되어도 몸이 지쳐 있거나 경우에 따라서는 그 일이 없어져 버리고 말지. 그러니 오랫동안 싫어하는 일만 한 것이란다.

옷을 선택할 때도 역시 똑같아. 가지고 있는 옷 중에 좋아하는 옷은 일단 잘 챙겨 놓고 별로 마음에 들지 않는 옷을 자주 입는 거야. 빨리 낡아서 없어지면 그때 좋아하는 옷만 실컷 입으려고 말이야. 그러니 아빠는 싫어하는 옷을 즐겨 입게 되어 버렸지. 엄마는 그것도 모르고 그런 옷을 좋아한다고 생각해, 비슷한 옷만 사다 주는 거 있지? 넌 알 잖아. 아빠가 옆으로 줄이나 선이 있는 옷을 얼마나 싫어하는지 말이야. 그런데 가끔 엄마는 오해하고 그런 옷을 사다 주곤 했지.

물건도 마찬가지야. 선물 받은 물건 중에 마음에 드는 것과 마음에 들지 않는 것이 있으면 아빠는 마음에 들지 않는 것을 먼저 사용해. 예전에 아빠가 꽤나 마음에 들어 하는 펜이 선물로 들어왔는데, 그걸 아껴 둔다고 다른 것을 계속 사용하다 막상 그것을 쓰려고 찾으니 엄마가 다른 사람에게 줘 버렸다더구나. 아빠가 잘 쓰지도 않고 좋아하는 것 같지도 않다고 말이야.

그런데 너를 보니 아빠와 비슷하게 크더구나. 좋아하는 과자를 꼭 아꼈다가 나중에 먹고, 공부를 할 때도 힘들고 어려운 과목을 먼저 하려고 하지. 그러다 끝내 좋아하는 과목은 해보지도 못하고 지치고 말이야. 또 아끼는 학용품을 책상 서랍 속에 넣어 두었다가 유행이 지나 제대로 사용하지도 못하더구나. 앞으로 그런 버릇은 고치도록 해라. 아빠처럼 내내 후회하지 말고 말이야.

누구나 결점이 그리 많지는 않다. 결점이 여러 가지인 것으로 보이지만 근원은 하나다. 한 가지 나쁜 버릇을 고치면 다른 버릇도 고쳐진다. 한 가지 나쁜 버릇은 열 가지 나쁜 버릇을 만들어 낸다는 것을 잊지 마라.
– 파스칼

PLUS TIP

"버릇의 쇠사슬은 거의 느낄 수 없을 정도로 가늘고, 깨달았을 때는 이미 끊을 수 없을 정도로 완강하다."라고 했단다. 아빠나 너나 느꼈을 때 고치는 것이 좋겠지?

구하라!
그러면 반드시 구할 것이다!

찰스 다윈이 비글 호 항해를 마치고 《종의 기원》을 세상에 내놓기까지 23년이라는 긴 기간이 있었단다. 그 사이 찰스 다윈은 자신이 생각하는 진화론을 명확히 증명해 보일 수 있는 자료를 수집하고 정리하며 지냈지. 그런데 그 기간 동안 재미있는 일화가 있어. 바로 진화론의 핵심 개념 중 하나인 '적자생존' 이란 말을 찾은 계기야.

어느 날 찰스 다윈은 토머스 맬서스가 쓴 《인구론》을 읽고 있었어. 그런데 거기에 '생존 투쟁' 이란 말이 나왔단다. 인구가 갑자기 폭발적으로 증가하면 식량 부족 사태가 발생하여 생존을 위한 투쟁이 벌어진다는 것이지. 인구론에 적용했던 개념을 찰스 다윈은 생물학에 적용한 거야. 생존 투쟁이 적자생존이란 말로 바뀐 것이지.

아빠가 깨달은 것 중 하나가 바로 이 상황과 같단다. 세상엔 내가 필요한 정보나 지식, 그리고 그 결과물이 반드시 있다는 거야.

아빠가 기자 초년생 시절 이야기란다. 한겨울이었는데 사진 기자가 다음날 촬영을 위해 고구마 싹이 30센티미터 이상 자란 것을 구해 오라는 거야. 기가 막히더구나. 어디서 갑자기 그것을 찾아오겠니?

결국 아빠가 생각해 낸 것은 식당을 뒤지는 거였어. 가끔 보면 식당에서 그걸 키워 주방 앞에 놓아 둔 것을 본 적이 있었거든. 그래서 회사 주변 식당부터 뒤져 나가기 시작했지. 종로에서 남대문까지 하루 종일 다리가 부을 정도로 뛰어다닌 것 같다. 그렇지만 결국 구하지 못했고 허탈감에 요기나 하려고 아직 불이 켜 있는 식당을 찾아 들어갔단다. 그런데 이게 웬일이니? 그곳에 그 고구마 싹이 있는 거야. 아빠는 기쁨에 겨워 눈물이 다 나더라.

'구하라! 그러면 반드시 구할 것이다!'

아빠는 그 믿음을 갖게 되었지.

살면서 이런 경험은 자주 생긴단다. 왜냐하면 구할 때까지 그것을 잘 멈추지 않으니까 말이야. 아메리카의 한 인디언 부족은 비가 오지 않으면 기우제를 지내는데, 이들은 단 한 번도 실패한 적이 없었대. 왜냐하면 그 기우제는 몇 날 며칠이 걸려도 비가 올 때 비로소 끝을 맺었으니까 말이다.

너의 삶 속에서도 이러한 법칙이 통용되리라 아빠는 믿는다. 네가 무엇을 원하고 무엇을 찾건 세상 어딘가에 반드시 그것이 있다고 믿고 끝까지 찾아보렴. 반드시 찾을 수 있을 거다!

내가 목표를 달성한 비결은 오직 끈기 있게 견뎠기 때문이다.

– 루이 파스퇴르

PLUS TIP

아빠는 자주 해외 도서전에 가곤 했는데, 그때마다 꼭 찾는 것이 있었단다. 바로 청소년의 자아 존중감을 높여 주는 활동 자료 같은 거야. 프랑크푸르트 도서전 같은 경우 코엑스 전시장 같은 것이 한 10개는 있다고 볼 정도로 엄청난 규모를 자랑하지. 그런 곳에서 아빠가 원하는 책을 찾는다는 건 결코 만만한 일이 아니란다. 사막에서 바늘 찾기처럼 말이야. 하지만 결국 구해 온 것을 보면 그때도 똑같은 심정이었던 것 같아. 내가 원하는 것을 찾아야 돌아가겠다는 생각! 그런 의지가 너에게도 생기길 바란다.

너만의 비밀 장소를 가져라!

〈죽은 시인의 사회〉란 책이나 영화를 본 적이 있니? 명문 웰튼 고등학교에 키팅 선생님이 영어 교사로 부임을 하지. 첫 수업부터 "오늘을 살라!", "현재를 즐겨라!"라는 파격적인 말을 하며 학생들에게 자유로운 사고를 요구했어. 그런 키팅 선생님으로부터 '죽은 시인의 사회' 란 서클 이야기를 듣고 7명의 학생들이 마침내 학교 뒷산 동굴에서 그 모임을 갖는단다.

"나는 자유롭게 살기 위해 숲 속에 왔다. 삶의 정수를 빨아들이기 위해 사려 깊게 살고 싶다. 삶이 아닌 것을 모두 떨치고 삶이 다했을 때 삶에 대해 후회하지 마라!"

학생들은 그곳에서 자신들의 목소리, 자신들의 감정을 발산하며 자유로운 생각들을 펼쳐 나간단다. 7명의 학생들에게 그 비밀스런 장소는 새로운 자신을 만나는 곳이 된 거지.

아빠는 교육자라는 이름으로 살고 있는 한 사람으로서 이 키팅 선생님을 늘 마음에 두었단다. 그리고 그 자유로움의 상징인 뒷산 동굴처럼 아빠만의 공간을 갖고 싶어했어. 물론 지금 아빠는 그런 장소를 가지고 있지. 그렇지만 그건 네게도 비밀이다. 아빠만의 그 공간이 지켜질 때 아빠는 그곳에서 새로운 나 자신을 계속 만날 수 있을 테니까!

너에게도 그런 너만의 비밀스런 장소가 있었으면 좋겠다. 자신을 새롭게 만나고, 삶의 기운을 다시 되찾게 해 주는 곳. 그 장소가 어떤 곳이든 상관없다. 누구나 찾아올 수 있는 개방된 공간이어도 상관없어. 오직 네 스스로 그곳에 가서 안식을 얻을 수 있으면 그것으로 족해. 《ENGLAND》란 그림책이 있는데 거기에 보면 이런 장면이 있단다. 넓은 공원에 한 여자가 유모차를 끌고 가면서 공원의 먼 곳을 바라보는 있는 장면이지. 그리고 이렇게 글이 적혀 있단다.

'공원이란, 또 다른 나를 만나기 위해 찾는 곳.'

추억의 장소든, 아니면 의미를 부여한 장소든 그 장소가 어디든지 간에 너만의 의미를 새기고 너만의 비밀을 간직할 수 있는 그런 장소를 꼭 가지렴.

모든 것에 비밀을 섞어 두어라. 그 비밀이 깊은 존경을 일으킬 수 있다.

– 발타자르 그라시안

아무리 가까운 친구일지라도 자신의 비밀을 털어놓지 말라. 그대가 아직 친구에게 충실하지 못하였는데, 그것을 친구에게 요구하는가! - 베토벤

PLUS TIP

비밀 장소를 정하는 데도 규칙이 있단다. 첫째는 언제든 갈 수 있는 곳이어야 한다는 거야. 개방되는 시간이나 계절이 따로 있으면 필요할 때마다 갈 수 없단다. 둘째는 너의 일상생활 장소로부터 가까워야 한다는 거야. 너무 멀리 있으면 마음이 있어도 쉽게 갈 수 없단다. 셋째는 위험하지 않은 곳이어야 한다는 거야. 너무 외지거나 위험한 장소라면 오히려 너에게 화가 될 수도 있단다. 넷째는 혼자 가든 누구랑 같이 가든 그 장소가 너만의 비밀스런 장소인지 아무도 몰라야 한다는 거야. 누군가 알게 된다면 그곳은 비밀 장소의 의미를 잃어버린단다.

23 시작이 반이란 사실을 잊지 마라!

시작이 반이란 말이 있지? 어떤 일이건 시작하기가 어렵지 일단 시작을 하고 나면 실타래처럼 줄줄 이어져 가기 마련이란다. 마치 마중물*처럼 처음의 한 바가지가 계기가 되어 엄청난 물이 뿜어져 올라오는 것이지.

아빠는 대학에서 아동학을 전공했단다. 그런데 아빠가 대학에 들어갈 당시 아동학과는 가정 대학에 속해 있었어. 당연히 남학생이 입학할 수 있을지 잘 모르는 상황이었지.

물론 고등학교에서도 그런 예가 없으니 난감해하더구나. 하지만 아빠는 아주 오랫동안 아동 심리를 공부하고 싶었고 그 마음을 꺾을 수 없어 용기를 내 대학에 직접 전화를 했단다.

"혹시 남학생도 들어갈 수 있나요?"

그것이 아빠가 아동학을 공부하게 된 시발점이 되었어. 일단 들어갈 수 있다는 것을 확인하고는 원서를 접수했지.

물론 대학에 가서 시험을 볼 때도 – 당시는 자기가 갈 대학을 먼저 정하고, 그 대학에 가서 시험을 치렀단다 – 아빠 주변엔 남학생이 없었어. 그렇지만 한번 용기를 낸 경험은 계속해서 더 강한 용기를 주었지. 대학에 합격을 하고 혼자 남자인 공간 속에서 숱한 일들을 겪었지만 처음 전화를 했을 때만큼 어렵거나 두렵지는 않았단다. 마음과 열정이 있으면 일단 시작해 보는 것이 삶에는 필요한 거야.

책을 기획할 때도 이런 경험을 참 많이 했지.

보통 전집을 기획하면 60권 내외의 많은 책을 진행하게 된단다. 처음엔 엄두가 나질 않았어. 몇 권도 아니고 60권이나 되는 많은 책의 내용을 언제 다 정하나 싶은 거야.

하지만 전체 구성을 잡아 보고 막상 한 권의 내용을 정리하다 보니 아빠도 모르는 사이에 10권, 20권, 30권……, 마침내 60권까지 마무리를 하게 됐단다.

아빠는 뭐든 처음에 시작하기 전이 두려운 것이지 일단 시작을 하면 그 두려움은 사라지고 맞닥트린 현실에 집중하게 된다고 생각해.

너의 삶 속에서도 그런 새로운 도전의 기회가 많았으면 싶구나. 어떤 일이건 하고픈 마음이 든다면 구체적으로 계획하고, 마음을 다잡으며 적극적으로 시작하렴. 두드린 만큼 새로운 문은 열린단다.

*마중물 : 펌프에서 물을 끌어올리기 위하여 위에서 먼저 붓는 물. 예전에 펌프로 물을 뽑어낼 때 먼저 물을 펌프에 한 바가지 정도 붓고 펌프질을 했는데, 이 물을 새물을 맞이하는 물이라 하여 '마중물' 이라 불렀다.

PLUS TIP

시작이 중요한 것처럼 시작하기 전도 중요하단다. 첫 단추가 잘못 끼워지면 계속 어긋나기 마련이거든. 그만큼 깊이 생각하고 점검한 후에 '이것이 맞다.'라는 생각이 들면 그때 과감히 시작해야 해. 하지만 설령 시작을 잘못했어도 두려워하거나 놀라지 마라. 누구보다 먼저 시작했다면 다시 첫 단추를 끼워도 인생은 늦지 않는단다.

문제의식을 가지고 살아라!

학자는 열심히 연구만 하고, 예술가는 열심히 예술만 하고, 직장인은 열심히 직장만 다니면 될까? 사실 누구나 자신의 일에 최선을 다하며 사는 것이 중요하고 어려운 일이지만 그 일이 자신뿐만 아니라 세상 사람들에게 의미 있고 값진 일이 되려면 일을 할 때 가져야 하는 필수적인 자세가 있단다. 그게 바로 사회에 대한 문제의식이지.

1937년 4월 독일 공군은 스페인 북쪽에 있는 게르니카라는 도시에 엄청난 양의 폭격을 가한단다. 독일군들이 자신들의 무기를 실험하기 위해 사람들이 사는, 그것도 사람들로 가장 거리가 붐비는 시간대에 폭격을 감행한 거야.

이 소식은 곧 유럽 전체에 퍼졌고 프랑스에 있던 피카소도 이 소식을 접하게 돼. 그리고 나서 40여 일이 지난 6월 4일, 그는 하나의 그림을 완성한단다. '게르니카'. 이 그림 속엔 공포와 두려움 속에 움츠리고 고통스러워하는 폭격 속의 게르니카 사람들이 그려져 있어.

피카소는 이 그림을 통해 독일군의 잔악한 실상을 사람들에게 호소하려고 했던 거야. "그림은 또 하나의 전쟁이다."라고 말했던 피카소. 그는 작품 활동을 통해 고통받는 사람들을 대변하고 우리 사회의 문제를 알리던 예술가였단다.

아빠도 취재 시절에 한 고민스런 상황에 처한 적이 있었어. 경남 창포의 우포늪으로 자연 생태를 조사하고 사진을 담아 오기 위해 출장을 갔었단다. 며칠간의 출장을 막 마치고 떠나려는 순간, 민물 새우를 잡던 마을 주민의 이야기를 듣게 되었어.

"아무리 쓰레기 매립장이 옆에 있어도 우포 물에서 냄새가 나나?"

대수롭게 생각하지 않고, 또 별 문제의식이 없었다면 아빠는 그냥 서울로 돌아왔을 거야. 그런데 확인해 봐야겠다는 생각이 들더구나. 어쩌면 이미 큰일이 벌어지고 있을지도 모른다는 생각이 들었거든.

그래서 마을 주민이 이야기하는 우포늪 옆의 쓰레기 매립장으로 갔어. 지독한 냄새를 맡아 가며 그 주변을 살피길 몇 시간. 마침내 아빠는 쓰레기 매립장에서 흘러나온 오수가 우포늪으로 스며드는 구멍을 찾았단다.

원래 쓰레기 매립장은 주변 땅으로 오수가 흘러가지 않도록 장치를 한 후 매립을 시작해야 한단다. 그러나 그곳은 어떻게 된 건지 오수가 늪으로 흘러들어 가 늪의 물마저 오염시키고 있었던 것이지. 그 후 아빠는 자연 생태계 기사를 뒤로 미루고 고발성 기사를 먼저 실었어.

'우리나라 최대 자연 늪지, 우포늪이 썩어 간다.'

이 일이 있고 나서 많은 신문과 많은 언론에서 우포늪을 살려야 한다는 목소리가 더욱 커지더구나.

어떤 일을 하건 자기가 속한 사회에 대한 기본적인 관심과 그 사회에서 벌어지는 일에 대한 문제의식이 없다면 그 사람의 활동은 그저 개인적인 활동에 그치고 만단다. 그러나 문제의식을 통해 얻은 결론이나 정보를 가지고 자신의 활동에 반영한다면 그 사람의 활동은 이미 사회적인 활동의 차원으로 넘어간 거야.

아빠는 네가 무슨 일을 하는 사람이 되건 네가 속한 사회와 네가 살고 있는 이 지구에 대한 지속적인 관심과 문제의식을 가지고 살았으면 한다.

아무런 문제의식이 없는 표정을 나는 미워한다. 더 많이 배우고, 더 많이 탐구하고, 더 많이 보고, 더 큰 사람이 되고자 하는 욕망이 없는 얼굴은 싫다! – 마리아 톨치프

PLUS TIP

네가 세상을 향해 다가선 만큼 세상도 너에게 딱 그만큼 기회를 줄 거란다. 아빠는 그리 믿는다.

실패를 통해 배워라!

문과를 졸업한 아빠는 한때 과학고등학교에 다니는 학생에게 수학을 가르친 적이 있단다. 사실 문과에서는 배우지 못한 수학을 아빠는 가르친 거야. 그것이 어떻게 가능하냐고? 그렇다고 아빠가 뛰어난 수학적 재능을 가지고 있는 것도 아니란다. 그 비결은 아주 단순해. 중·고등학교 학창 시절 아빠는 '수학 오답 노트'를 만들었어. 어떤 수학 문제를 틀리면 그 문제를 여러 각도로 다시 풀어 보고 아빠만의 풀이 과정을 적어 나간 것이지. 때로는 그 문제를 해결하기 위해 어쩔 수 없이 학교에서 배우지 않은 개념까지 책을 통해 익혀야 할 때도 있었단다. 그 오답 노트가 바로 아빠가 수학을 잘했던 비결이야.

이런 방식으로 자신의 실수나 실패를 다시 분석해 보고 새롭게 적용해 많은 것을 얻는 것이 삶이란다. 세상의 수많은 발견과 발명은 이러한 실패를 통해 얻은 결과이지.

미국에서 교통 신호기를 개발하던 존 베이커라는 사람이 있었단다.

이 사람이 만들고 싶었던 신호기는 차가 지나갈 때 레이저를 쏘아서 반사된 양을 기준으로 교통 신호기의 신호가 자동으로 바뀌는 시스템이었지.

만약 그렇게 된다면 차량이 많은 도로에 파란 신호를 더 많이 배정할 수 있어서 교통의 흐름이 원활해질 거라는 생각이었단다. 그러나 존 베이커의 작품은 실패의 연속이었어. 달리는 차의 속도가 일정하지가 않아서 신호기가 제멋대로 작동하게 된 게 가장 큰 문제였지.

그렇게 실패로 끝났던 그의 신호기는 몇 년 후 새로운 계기를 맞이한단다. 자신의 아내가 과속으로 달리던 차에 치여 숨을 거둔 것이지. 존 베이커는 자신의 실패작을 떠올렸어.

'차량의 속도를 억지로 일정하게 할 수 없다면 각 차량의 속도를 측정하자. 그럼 적어도 과속하는 차량은 잡아낼 수 있을 테니까!'

자동 신호기가 되려고 했던 그의 실패작은 과속 탐지기로 거듭난단다. 지금은 이 과속 탐지기로 인해 엄청나게 교통사고가 줄어들었지.

흔히 실패는 성공의 어머니라고 하잖니. 사람이 실수나 실패만 잘 응용해도 놀라운 삶의 변화를 경험할 수 있는 거야. 그러니 네가 살면서 어떤 일에 실패를 맛보게 된다면, 넌 그만큼 더 큰 성공으로 다가서고 있다는 것을 인식하렴. 네 엄마의 좌우명 '피할 수 없다면 즐겨라.' 처럼 실패를 거울 삼아 도약할 수 있는 삶을 살길 바란다.

나는 젊었을 때 정치에 뜻을 두고, 여러 가지 쓰라린 일들을 많이 겪었다. 실패도 한두 번 한 것이 아니었다. 그러나 굴하지 않고 걸어온 덕택으로 이렇게 대통령이 될 수 있었다. 생각해 보면, 내 인생은 일곱 번 넘어지고 여덟 번 일어났던 것이다. – 프랭클린 루스벨트

PLUS TIP

23세에 사업에 실패, 24세에 주의회에 출마했으나 낙선, 25세에 다시 사업에 실패, 27세에 사랑하는 여인의 죽음, 그리고 신경 쇠약과 정신 분열증을 앓음, 30세에 주의회 의장직 낙선, 32세에 대통령 선거위원에 낙선, 33세에 하원의원 낙선, 47세에 상원의원 낙선. 이 사람이 누군지 알겠니? 바로 미국 역사상 가장 위대한 대통령 중 한 명으로 꼽히는 에이브러햄 링컨이란다. 실패는 실패했다는 사실보다 실패를 통한 좌절이 큰 악영향을 끼쳐. 언제나 네가 성공의 길을 가는 것보다 네가 실패를 통해 다시 거듭나며 살아가는 사람이 되길 소망한단다.

비와 눈을 기쁘게 맞이해라!

유리창을 토닥토닥 두드리며 네 눈앞에서 쭈르륵 흘러내리는 빗줄기에 네 마음을 맡겨 본 적 있니? 비가 오는 날 우산을 받치고 가다 문득 그 비를 온몸으로 맞고 싶어 우산을 접어 버리고 그냥 걸어 본 적 있니? 건물 입구에 서서 떨어지는 빗방울을 눈으로 보는 것만으로도 만족스럽지 않아 조용히 눈을 감고 네 손바닥을 펼쳐 그 빗방울을 맞아 본 적 있니?

살면서 맞이하는 모든 순간이 새로운 시간이듯, 삶에서 만나는 모든 비 또한 늘 새로운 것이란다. 유독 비는 사람들의 마음을 위로하고, 사람들에게 새로운 기운을 만들어 주지.

네가 지치고 힘들 때 차 한 잔을 마시며 흐르는 빗줄기를 바라본다면 그 속에서 새로운 희망을 찾게 될 거야.

테프누트(Tefnut)라는 비의 신이 있단다. 태양신 라(Ra)의 딸로 태어나 쌍둥이 오빠인 대기와 빛의 신, 슈(Shu)의 아내가 되지. 많은 문헌에서는 그저 슈와 닮거나 조금은 창백해진 슈의 모습으로 기록하고 있지만, 테프누트는 하늘을 떠받들고 매일 아침 갓 떠오르는 태양을 슈와 함께 맞이했던 여신이란다. 그러니 비는 결국 빛과 더불어 새로운 창조의 열정이며, 새로운 기운을 불어넣어 주는 기회의 선물이야. 아빠는 네가 비와 더불어 지친 네 영혼을 새로운 희망과 기운으로 되찾아 가는 삶을 살았으면 좋겠구나.

눈도 마찬가지란다. 비가 네 마음을 투명하게 해 준다면, 눈은 네 마음을 새하얗고 깨끗하게 만들어 줄 거야. 대부분의 사람들은 눈을 보면 기뻐하고, 해마다 첫눈을 그리워하며 지낸단다. 그런데 모든 눈은 사실 첫눈이야. 내 삶에서 오직 이 순간에만 맞이할 수 있는 첫 번째 눈 말이야! 눈이 내릴 때마다 그런 설렘을 간직하렴. 눈을 온전히 즐기려면 눈이 내린 나뭇가지를 잘 살펴야 한단다. 눈은 맞이하는 대상에 따라 자신의 모습을 달리 보여 주거든. 눈을 있는 그대로 온전히 받아들인 나무에게 눈은 그들에게로 다가가 꽃이 되어 주지.

에모토 마사루라는 사람은 물에게 감사와 고마움의 마음을 전하면 멋진 육각형의 물 결정체가 되지만 물에게 나쁜 마음을 전하면 물 결정체도 엉망이 되는 것을 발견했어. 하늘이 준 선물인 비와 눈은 네가 어떤 마음으로 맞이하느냐에 따라 너에게 다른 모습으로 다가설 거야.

언제나 비와 눈을 기쁜 마음으로 맞이하는 딸이 되거라!

아름다움은 어디에나 있다. 우리의 눈이 그것을 다 알아보지 못할 따름이다. – 로댕

PLUS TIP

물이라는 글자를 거꾸로 뒤집어 읽어 보렴. '롬'이라는 글자가 될 거야. 롬은 '있는 그대로의'란 뜻을 가지고 있단다. 있는 그대로, 존재하는 그대로 자연이 주는 변화들을 감사히 여기거라.

돈은 배운 원칙대로 사용하거라!

예부터 어른들은 "버는 자랑하지 말고 쓰는 자랑하라."라고 말씀하셨단다. 얼마를 버느냐가 중요한 것이 아니라 얼마를 벌었든 어떻게 쓰느냐가 더 중요하다는 것이지. 아무리 많이 벌어도 헛되이 낭비하거나 반대로 제대로 쓰지 않고 그저 가지고만 있다면 그 돈은 아무런 의미가 없는 거야. 그럼 어떻게 쓰는 것이 제대로 쓰는 것일까?

네게 학창 시절 용돈을 줄 때 어떻게 쓰라고 했는지 기억하니? 아빠 생각에는 그 용돈을 쓰는 것처럼 사회에서 네가 번 돈을 쓰는 것에도 똑같은 원칙이 적용되지 않을까 싶구나. 2521!!!

네게 100만 원이 있다고 생각해 보자. 먼저 2에 해당하는 20만 원은 저축을 하여라. 그다음 5에 해당하는 50만 원은 생활하는 데 필요한 것들에 사용하거라. 다시 2에 해당하는 20만 원은 네 자신이 하고 싶었던 취미 활동이나 너의 삶을 넉넉하게 해 줄 문화생활을 영위하는 데 사용하거라. 마지막 1에 해당하는 10만 원은 네 주변과 사회에서 소외된 사람을 위해 기부하거라. 네가 배운 이 원칙을 적용한다면 네 삶도 경제적으로 안정되리라 믿는다.

이제 새로운 원칙을 하나 더 일러 주마.

이것은 아빠가 삶에서 얻은 방식이라 네 생활에 맞춰 어느 정도 원칙을 다시 세워도 된단다.

저축을 하는 20만 원을 셋으로 나누는 거야. 첫째는 급할 때 언제든 찾을 수 있는 저축, 둘째는 목돈을 만들어 가기 위해 1~3년 단위로 준비하는 적금, 셋째는 먼 미래의 노년을 위해 준비하는 연금. 버는 돈의 규모에 따라 다르지만 아빠의 경우엔 저축은 1, 적금은 2, 연금은 1의 방식으로 사용했단다.

필요한 곳에 사용하는 50만 원도 쓰임새에 따라 나누어야 해. 첫째는 반드시 내야 하는 공과금이야. 전기, 수도, 가스 등의 돈은 내지 않을 경우 바로 생활에 문제가 되기 때문에 이런 돈은 우선 사용해야 한단다. 둘째는 의식주에 관련된 돈이란다. 먹는 것, 입는 것, 그리고 집에 들어가는 돈이지. 집에 들어가는 돈은 매달 나갈 수도 있고 목돈을 모아 집을 가질 수도 있어. 그건 네 상황에 맞춰 계획하거라. 또한 입는 것은 줄이되, 먹는 것은 줄이지 마라. 네 건강과 관련된 것은 꼭 챙겨야 한다. 그렇지 않으면 더 큰 돈이 필요하게 될 거야. 셋째는 경조사에 들어가는 돈이란다. 가족이나 함께 생활하는 사람들과 정을 나누고 서로의 예를 갖추기 위해 필요한 돈이지. 이것은 네 형편에 따라 조절할 수 있는 것이니 공과금을 우선으로, 그다음 의식주 비용을, 그리고 마지막에 경조사비를 나누어 계획하여 사용하거라.

네 자신을 위해 사용하는 20만 원은 다시 둘로 나누어진단다. 첫째는 매달 즐기는데 사용하는 돈이고, 둘째는 여행이나 조금은 고가의 악기 등을 구입하기 위해 일정 기간 모아서 사용하는 돈이지.

마지막으로 기부하는 돈은 네 마음이 닿는 곳에 손을 뻗으면 된단다. 다만 이 돈은 목돈으로 무엇을 하기 위해 모으는 것보다 작정하고 매달 집행하는 것이 너를 더 정신적으로 살찌워 줄 것이라 생각해. 이렇듯 돈은 버는 규모보다 적절하게 사용하는 너만의 원칙을 가지고 쓰는 게 중요하단다.

돈은 현악기와 같다. 그것을 적절히 사용할 줄 모르는 사람은 불협화음을 듣게 된다. 돈은 사랑과 같다. 이것을 잘 베풀려 하지 않는 이들을 천천히 그리고 고통스럽게 죽인다. 반면에, 타인에게 이것을 베푸는 이들에게는 생명을 준다. – 칼릴 지브란

돈을 버는데 10시간을 들인다면, 돈으로 살 수 없는 가치를 얻기 위해서는 적어도 5시간은 바쳐야 해. 돈으로 살 수 없는 가치가 네 삶의 10시간 이상을 보상해 줄 거야.

28

청소는 조금씩 날마다, 그리고 노동이 아닌 운동처럼 즐겨라!

우리 몸도 날마다 씻으면 간단하게 목욕만 하면 되지만 한동안 씻지 않고 한꺼번에 때를 벗기려 하면 많은 힘이 든단다. 그리고 그만큼 효과도 덜하지. 청소도 마찬가지야. 날마다 조금씩 해 두면 묵은 때가 없지만 한동안 청소를 하지 않으면 청소하는 것 자체가 고통스런 일이지.

그런데 청소를 하는 데 있어 가져야 할 마음이 있단다. 너는 노동과 운동의 차이를 알고 있니? 이 둘은 우선 목적이 다르단다. 노동은 주로 돈을 벌기 위해서 하지만 운동은 건강을 위해서 하지. 청소는 어느 목적에 가까울까? 맞아. 청소도 자신의 주변을 깨끗하게 해서 건강을 지키려고 하는 거야. 그러니 운동처럼 즐겁게 하겠다는 마음을 가지렴.

다음은 강도에서도 다르단다. 노동은 힘이 들어도 계속 할 수밖에 없지만 운동은 자기가 조절하면서 하는 거야. 청소는 어떻게 해야 할까? 그래. 네 몸에 무리가 가지 않도록 해야겠지. 그러기 위해서는 날마다 기쁜 마음으로 해야 한단다.

노동과 운동은 사용하는 관절도 다르단다. 노동은 같은 부위의 관절을 계속 사용하게 되는데, 운동은 네 몸의 관절들을 적절하게 나누어서 사용하지. 청소도 마찬가지야. 같은 동작으로만 계속하지 말고 여러 가지 편한 동작으로 바꾸면서 하는 것이 몸에 좋단다.

노동과 운동은 시간에서도 차이가 있어. 노동은 장시간 매달려야 하지만 운동은 하루 30분에서 1시간 정도 가볍게 하는 법이지. 청소도 마찬가지야. 한 번에 긴 시간을 매달리지 말고 조금씩 날마다 하는 것이 훨씬 편하고 좋단다.

아빠만의 또 다른 노하우를 알려 줄게! 바로 음악을 들으면서 하는 거야. 음악은 자신의 취향에 따라 물론 다르겠지. 아빠가 경험한 바로는 빠르고 신나는 음악은 처음에 경쾌하게 시작할 수 있지만 맑아지는 느낌은 덜하더라. 반면에 차분한 음악은 청소를 하는 도중 어느새 음악과 내 몸이 하나가 돼. 아빠가 좋아하는 음악은 베토벤의 '엘리제를 위하여', '월광소나타' 그리고 쇼팽의 '빗방울 전주곡' 이란다. 너도 너만의 청소 음악을 만들어 보렴.

이참에 청소 요령도 알려 줘야겠구나. 집 안을 청소할 때는 먼저 공기가 통하도록 환기를 시키고 위쪽의 먼지부터 터는 거야. 그리고 청소기를 돌릴 때는 한 방향에서부터 쭉 해나가되 이동 동선을 가장 짧게 할 방법을 찾으렴.

빨래를 할 때는 세탁기에 물을 받아 두고 한동안 둔 상태에서 나중에 세탁을 하는 거야. 그래야 때가 잘 빠진단다. 빨래를 널 때는 건조대에 그냥 널 것과 옷걸이에 걸어서 널 것을 구분하고 나서 빨래를 널으렴. 그래야 많은 양의 빨래를 좁은 공간에 잘 활용해서 널 수 있단다. 빨래를 갤 때는 같은 수납 공간에 넣는 것에 따라 구분하여 개되, 같은 색깔의 옷이라도 어떤 옷인지 한눈에 알 수 있도록 옷의 특징이 있는 부분이 외부에 보이도록 개야 해. 그래야 옷장을 뒤적거리지 않을 수 있어. 특히 수건을 개서 장 속에 넣을 때는 이미 있는 수건 위로 쌓지 말고 새로 갠 것을 밑으로 보내렴. 그래야 같은 수건만 늘 사용하게 되는 것을 방지할 수 있지. 물론 나중엔 너만의 청소법이 생기겠지만 그전까지는 아빠의 방법을 한번 믿어 봐!

실천가는 강물이 더럽다고 지적하는데 그치지 않고, 그 강물을 깨끗이 청소한다. - 로스 페로

PLUS TIP

설거지할 때 물을 틀어 놓고 하지 마라. 마지막에 헹굴 때 틀어라!

전문가가 되어라!

예전에 아빠가 매달 나오는 잡지를 혼자서 2년간 만든 적이 있단다. 전국 초등학교, 중학교 과학 선생님들에게 무료로 나누어 주는 과학 시사 정보지였지. 당시 아빠 주변엔 누구도 잡지를 만들어 본 적이 없는 사람들뿐이었고, 유일하게 아빠만이 취재 기자 생활을 해본 것이 전부였어.

사실 잡지라는 것이 기사만 쓴다고 되는 일은 아니야. 어떤 기사를 담을 것인지 기획하고, 취재를 하고, 사진을 찍고, 그것을 디자인해서 인쇄소에 넘기는 일련의 과정이 모두 포함된단다. 또 기사 중에는 그림이 필요한 것도 있고, 외부에서 사진을 빌려야 하는 것도 있지. 그 모든 일이 한 달 안에 이루어져 배포까지 되어야 한단다. 그것도 아빠 혼자서 해야 한다는 현실 앞에서 망연자실할 수밖에 없었지.

그런데 아빠에게 오기가 생기더라.

'한번 해보자. 주어진 예산으로 이왕이면 좋은 정보들을 담자!'

아빠는 잡지를 준비하는 세 달 동안 하나하나 배워 나갔어. 사진 찍는 법도 배우고 기본적인 디자인을 위한 컴퓨터 기능도 배우고 기사를 안정적으로 쓸 수 있는 시스템도 만들어 갔단다. 그렇게 해서 탄생한 잡지는 단 한 달도 거르지 않고 사람들에게 전달되었지.

아빠가 새삼스럽게 이 이야기를 꺼낸 이유가 있단다. 전문가가 되는 과정도 어렵지만 일단 전문가가 되면 또 다른 능력들을 발휘할 수 있다는 거야. 그 2년 동안 아빠 자신은 힘이 들었지만 동시에 누구도 따라올 수 없는 전문가가 되어 갔지. 일련의 과정을 모두 파악하고 있었기 때문에 아빠는 그 후 어떤 책이든 만드는 데 두려움이 없었어. 그렇게 아빠는 많은 새로운 도전을 하며 몇 년의 세월을 보냈단다.

그러던 어느 날, 아빠는 한 교육 관련 대기업의 사장실에서 새로운 책 개발과 관련하여 이야기를 나누고 있었는데 뜻밖의 변화를 그날 알았단다. 그 사장님은 아빠를 도울 이사를 불렀는데, 바로 예전 아빠 직장의 상사였던 거야. 전문가가 되기 위해 노력했고, 그 전문가가 된 이후엔 새로운 도전을 두려워하지 않았던 아빠는 남들보다 더 많은 기회와 대우를 받는 사람이 되어 있었지. A4 용지 보고서 40장에 수천 만 원을 받은 적도 있었고 1시간당 100만 원의 자문료를 받고 컨설팅을 한 적도 있었단다. 생각해 보면 그 모든 것의 출발은 전문가가 되고자 했던 그 마음의 결정을 내리던 순간에 시작되었던 거야.

어떤 일이든 혼자서 완벽한 완성을 이룰 수 없단다. 여러 사람과의 협력을 통해 대부분의 일이 완성되지. 그런데 전문가가 된다는 것은 내게 주어진 일에만 최선을 다하는 것으로 이루어지지 않는단다. 관련된 사람들의 일까지 네가 정확히 이해하고 어느 정도의 지식과 정보, 기술을 익혀 두어야 그 분야의 전문가가 될 수 있어. 일단 전문가가 되기 위해 노력해라. 그러면 너에게 새로운 도전 과제와 기회들이 다가설 테니까!

당신이 무엇인가를 간절하게 원할 때, 온 우주는 당신의 소망이 이루어지도록 도울 것이다. – 파울로 코엘료

PLUS TIP

전문가가 되기 위해선 그 분야의 석학이나 기존의 전문가들이 어떻게 준비하고 공부하며 어떤 길을 갔는지 잘 살펴보는 것도 중요하단다. 적어도 그들이 간 길을 네가 따라갈 수 있다면 너 또한 그만큼의 전문가는 될 수 있을 테니까 말이다. 그다음은 네 스스로 개척하는 길이 되겠지. 또 먼 훗날 누군가는 그런 너의 자취를 살피며 새로운 전문가로 들어설 거야. 그것이 세상의 이치란다.

어린 시절의 아픔은 떨쳐 버려라!

대학에서 아동학을 전공한 아빠는 심리학 시간에 교수님과 한 번 심하게 의견 충돌을 보인 적이 있단다.

"인간의 심리는 자라 온 배경에 의해 결정되는 것인가, 아니면 자신이 만들어 가는 것인가?"

교수님은 외부 환경에 의해 결정된다는 환경 결정론의 입장이 우세하다고 말씀하셨지. 아빠는 반대였어. 자신의 의지에 따라 얼마든지 바뀔 수 있다는 환경 가능론의 입장이 더 크다고 생각했어. 아빠가 그렇게 생각했던 이유는 당시까지만 해도 아빠는 아빠의 어린 시절이 자신 없고 창피했기 때문이야.

그해 여름 방학 아빠는 혼자 고향으로 내려갔단다. 그리고 그 섬에서 방 한 칸을 빌려 아빠 자신과의 싸움을 시작했지.

'내 어린 시절, 내 과거로부터 자유로워지자!'

아빠는 매일 그 섬의 산에 올랐어. 비가 억수같이 쏟아지는 날에도 혼자 바윗돌을 디뎌가며 과거의 아픔을 떨쳐 버리기 위해 노력했어. 하염없이 울기도 했고, 미친 사람처럼 온 섬을 뒤집고 다니기도 했어. 그렇게 60여 일을 보낸 아빠는 어린 시절의 아픔을 기록한 원고지 2,000장을 봉투에 넣고 이렇게 써 놓았단다.

'내 스스로 열리는 날, 기쁘게 다시 만나리라!'

그렇게 다시 서울로 올라온 후 아빠는 참으로 열심히 살았어. 그리고 대학원 시절, 인간 행동의 감정 양식에 대한 수업 도중 재미있는 글을 보게 되었지. 정신 분석학자 프로이드가 한 말이었어.

"인간은 중세 사회에서 근대 사회로 넘어오면서 세 가지 충격을 받아들여야 했다. 첫째는 지구가 이 우주의 중심이 아니라는 사실을 받아들이는 것, 둘째는 인간의 조상이 원숭이일지도 모른다는 사실을 받아들이는 것, 그리고 셋째는 인간의 모든 감정이 6세 이전의 경험에 의해 결정된다는 사실을 받아들이는 것이다."

예전과 똑같은 환경 결정론의 입장을 다시 본 것이지. 그러나 그때 아빠는 화 대신 웃음을 지었단다.

"사람의 생각은 다양해. 그리고 모든 사람이 다 그렇지는 않아!"

이미 아빠는 과거의 어린 시절로부터 자유로워져 있었던 것이지.

한 조사에 따르면 세계를 이끌어 나가는 지도자 중 70% 이상이 가난한 가정에서 자라 어린 시절 학대를 경험했다고 하더구나. 그들도 자신들의 과거로부터 자유로워진 것이겠지?

아빠는 결혼 후 네게 보다 좋은 환경을 제공해 주기 위해 노력했단다. 월셋집에서 시작한 결혼 생활이었지만 네게는 가난을 느끼게 해 주고 싶지 않았어. 그래서 언제나 좋은 아빠의 모습을 보여 주기 위해 애썼지. 그렇지만 기억이란 늘 상대적인 것 같더라. 네가 네 어린 시절의 기억들을 어떻게 가질지 그건 아빠가 판단할 몫이 아닌 것 같아. 지금 아빠는 할머니에게 늘 감사하며 산단다. 예전에 왜 그렇게까지 내 어린 시절에 대해 힘들어했는지 이해가 안 될 정도지.

네가 어린 시절에 대해 어떤 생각과 기억, 감정을 갖든 그건 너에게 달렸단다. 다만 아빠는 네게 어린 시절의 아픔이 있다면 그걸 떨쳐 버리라고 말할 뿐이야. 너가 자유로운 생각 속에 살아가길 바란다.

내일에 아무런 도움이 되지 않는다면 당신의 과거는 쫓아 버려라.
- 윌리엄 오슬러

PLUS TIP

과거의 실수를 거울로 삼는 것은 너의 미래를 밝게 해 주겠지만, 과거의 아픔을 끄집어내는 것은 너의 현재와 미래를 어둡게 할 뿐이란다.

네 사전엔
좌절이란 단어는 없다!

아빠가 만난 분들 중에 늘 마음속 스승으로 간직하며 사는 두 분이 계시단다. 한 분은 강영우 박사님이시고, 또 한 분은 전혜성 박사님이시지. 그럼 두 분의 공통점은 무엇일까? 물론 두 분 모두 미국 사회에서 성공한 분들이기는 해. 강 박사님은 미국 백악관 차관보를 지내셨고, 전 박사님은 예일대 명예교수로 지내시니까. 또 두 분 모두 자식을 훌륭하게 키워 낸 분들이기도 하단다. 자식들 또한 미국 사회의 지도자로 살아가니까. 그런데 아빠가 생각하는 공통점은 다른 것이란다. 바로 '좌절하지 않는 의지'를 가지고 계시다는 거야.

강 박사님은 중학교 때 실명을 하고 맹인이 되셨지. 맹인 학교를 나와 아빠의 모교이기도 한 연세대학교를 들어가셨단다.

장애인은 유학을 갈 수 없다는 당시 법을 바꾸어 가며 미국으로 유학을 가셨고, 마침내 그곳에서 우리나라 최초의 교육학 박사가 되셨어. 그동안 강 박사님이 겪었을 고통과 상처는 이루 다 말로 할 수 없을 거야. 그분은 그 모든 역경을 이겨 내고 세계인명사전에 이름을 올리는 지도자가 되셨단다.

전 박사님 또한 마찬가지야. 여자의 몸으로 미국 유학길에 올라 한국 전쟁 발발로 인해 미국에 머물면서 그곳에서 결혼을 하셨지. 남편을 도와 미국에서 최초로 한국학 연구소를 만들어 반 세기가 넘게 활동하셨단다. 자식 7명을 키우며 당신도 박사 학위를 받고 숱한 세월을 후학 양성에 이바지하셨어.

특히 아빠가 눈여겨본 그분의 일화 중에 인터넷의 한글 지원에 대한 이야기가 있단다. 1970년대 우리나라는 컴퓨터가 무엇인지도 잘 모르던 시절이었어. 그때 전 박사님은 분명 머지않아 개인들이 컴퓨터를 사용하게 될 것이고, 인터넷과 같은 환경이 만들어져 수많은 정보가 공유될 거라 믿었지. 그래서 전 박사님은 컴퓨터 웹 상에 한글이 지원되는 프로그램을 개발해야 한다고 우리나라 정부를 설득했단다. 그러나 거절당했어. 그만큼 당시 컴퓨터는 먹고살기도 어려운 우리나라 국민들에게 와 닿지 않는 물건일 뿐이었으니까.

전 박사님은 좌절하지 않았어. 일본으로 건너가 일본어 프로그램을 개발하는 조건으로 한글 프로그램도 만들겠다는 약속을 받아 내 결국 그 꿈을 이루어 내셨지. 지금은 대부분의 개인이 인터넷 없이 산다는 것은 꿈도 꿀 수 없을 만큼의 세상이 되었지만, 그렇게 되기까지는 뒤에서 좌절하지 않고 자신의 길을 간 분들이 분명히 계신단다.

너 또한 살면서 수많은 시련과 고통, 역경을 맞이하겠지. 그렇지만 나폴레옹에게 불가능이란 단어가 없었듯이, 네게 좌절이란 단어가 없었으면 싶구나. 스스로 좌절하지 않는 한 분명히 새로운 전환점이 생긴단다.

아빠는 네가 훌륭한 사람으로 인정받는 것보다 네 스스로 당당할 수 있는 사람이 되길 소망해. 그러기 위해선 좌절이 없어야 하는 거야.

성공의 25%는 자신에 대한 긍정적 이미지를 갖는 것이고, 25%는 목표를 달성할 수 있다는 믿음이며, 또 다른 25%는 자신이 원하는 바를 정확히 아는 것이고, 나머지 25%는 생각을 실행에 옮기는 행동이다.

– 스튜어트 골드 스미스

PLUS TIP

꿈을 이룬 많은 사람을 보면 좌절이 깃드는 순간에 산을 많이 찾더구나. 높은 산에 오르면 지금의 고난은 아무것도 아니란 생각이 들지. 너도 힘이 들면 산에 올라 작아 보이는 네 고난을 미소로 바라볼 수 있기를 바란다.

32

공통의 관심사가 있는 사람과 결혼해라!

남녀가 만나 서로에 대한 호감을 갖고 사랑을 나누며 결혼을 하기까지의 과정은 사람이나 동물이나 지구 상의 생물들이 가질 수 있는 최고의 감정이며 축복임이 분명하단다. 누군가를 간절히 그리워하고 그 사람을 위해 울어 보지 않은 사람이 어찌 세상 다른 일에 진정한 열정을 가지고 살 수 있을까 싶어.

그런데 문제는 사랑이라는 뜨거운 감정이 식고 정이라는 따뜻한 감정이 삶을 지배하는 결혼 후에 생긴다는 거야.

상대방의 단점조차도 전혀 문제가 되지 않는 사랑의 감정은 길어야 18개월이라는 연구 결과도 있어. 그 사랑이 지난 후에는 애틋하고 포근한 정이 그 감정을 대신하지. 그래서 어른들은 "부부란 정으로 산다."라는 말을 자주 하시는 거야.

그런데 아빠가 살아 본 결과 정이란 공통의 관심사가 없으면 깊어지기 어렵더구나. 물론 아빠 엄마에게 최고의 관심사는 너였지. 너의 행동 하나하나, 감정 하나하나가 대화의 주제였고 아빠 엄마의 삶 자체를 지배했단다. 그런데 자식이라는 공통의 관심사 외에 부부는 또 다른 관심사가 필요해. 바로 자신이 애정을 가지고 있는 것에 대한 관심.

아빠 엄마의 경우는 두 가지가 있었어. 하나는 교육이라는 관심사, 또 하나는 여행이라는 관심사. 아빠는 교육을 전공하고 교육계에서 일하니 당연히 교육에 대한 애정과 관심이 높을 수밖에 없었지. 하지만 엄마는 컴퓨터를 전공하고 하드웨어적인 것에 애정이 많아 교육과는 무관했었단다. 그런데 살면서 네 엄마가 교육에 관심을 가지게 된 거야. 결국 대학에 다시 가서 교육학을 전공할 정도로 말이야. 그러고 나서 엄마와 아빠는 나누는 이야기가 점점 늘어났어. 교육의 변화, 교육의 가치, 교육에 대한 견해 등 수많은 뉴스 속에서 아빠와 엄마는 늘 좋은 대화 상대였단다.

여행도 마찬가지야. 유난히 여행을 좋아하는 아빠, 그리고 그것을 함께 즐기는 엄마. 우리 부부는 참 많은 여행을 다녔지. 물론 대부분의 여행을 너와 함께 다녔기 때문에 너 또한 세상 누구 못지않게 많은 여행을 다닌 사람일 게다. 여행의 준비에서부터 여행에서 본 것, 여행에서 느낀 것, 다음 여행지를 선택하고 알아보는 것 등 모든 순간순간에 아빠와 엄마는 깊은 정이 들었어.

아빠 엄마가 이 세상에서 최고로 잘 사는 부부라고 말할 수는 없겠지. 그렇지만 서로를 존중하고 서로에 대한 깊은 정이 있는 참 좋은 부부로 살았다는 것은 자신있게 말할 수 있단다. 그것이 바로 공통의 관심사를 가지고 함께 많은 시간을 가지며 대화를 나눈 결과가 아닐까 싶어. 부부가 늙으면 함께한 추억으로 산다고 하더라. 그 추억은 공통의 관심사에서 비롯된다는 걸 너도 알았으면 해. 너의 결혼 상대자가 어떤 배경과 어떤 직업을 가진 사람이냐는 아빠 엄마에게 전혀 중요하지 않아. 서로에 대한 사랑이 너희에게 있다면 말이다. 그렇지만 긴 인생을 함께 행복하게 가기 위해서 그 상대자가 너와 공통의 관심사를 가진 사람이길 바랄 뿐이다.

사랑하는 부부가 그들의 목적을 서로의 완성에 두고, 그것을 위해 모범적인 행동으로 양심껏 돕는다면 참으로 위대한 행복을 얻을 수 있을 것이다.

– 톨스토이

PLUS TIP

아빠 엄마는 하지 못했지만 같이 즐길 수 있는 운동을 함께 하는 것이 그렇게 좋다고 하더라. 참고하렴. ^*^

33

명품을 너 스스로 창출해라!

명품에 대해선 아빠도 별 관심이 없고 엄마마저도 별로 욕심이 없어서 그런지 사는 동안 남들이 소위 다 아는 유명 브랜드의 명품을 가져 본 적은 없는 것 같구나. 그 생각은 지금도 변함이 없지만 넌 다를 수도 있겠지. 그렇지만 아빠의 말을 꼭 참고하길 바란다.

해외 출장이 잦았던 시절, 처음에는 오로지 일만 눈에 들어왔지만 같은 나라를 자주 방문하다 보니 전에 보이지 않던 것들이 눈에 들어왔단다. 더불어 아는 사람들이 생겨 같이 시간을 보내다 보니 뜻밖의 사실도 알게 되었지. 그런 발견 가운데 하나는 우리가 잘 아는 명품 브랜드의 제품을 실제 그 나라 사람들은 잘 사용하지 않는다는 거야. 왜냐하면 그건 자기 나라의 위상을 세워 주는 것이기는 하나 가격 대비 실용적인 측면에서 현명한 소비가 못 되기 때문이지. 대신 묘한 심리가 작용해 자기들은 잘 사용하지 않지만 외국의 부유한 사람들이 많이 소비해 주길 바란단다.

사실 브랜드 중 가장 그 가치가 높다는 – 2008년 기준 26조 원 – 루이비통 같은 경우도 왕족과 귀족들의 여행용 가방을 만들어 주는 것에서 시작되었어. 대중을 위한 것이 아니라 소수를 위한 제품이었던 거야. 사람들은 그런 명품을 소유하면 마치 자신들이 그 귀한(?) 신분이 되는 것 같은 착각을 한다는데, 그건 완벽한 허상일 게다.

또 하나의 새로운 발견은 무엇이 명품인가 하는 것이란다. 외국 출장길에 시간이 좀 있어서 백화점에 들러 엄마의 가죽 옷 하나를 구입한 적이 있었어. 색상이 참 특이해서 금방 눈에 띄더구나.

그런데 얼마 후 우리나라에 돌아와 한 유명 백화점 매장에서 아빠가 산 그 옷의 브랜드 숍을 보게 되었지. 마침 그 옷이 있어서 우리나라에선 얼마나 하나 가격표를 살펴보았더니, 정말 으악이었다. 가격 차이가 무려 10배가 넘었어. 그때 그런 생각이 들더라. 무엇이 명품이고, 무엇이 가격을 결정하는 것일까?

이제 아빠가 하고 싶은 본론을 이야기할게. 명품을 만든 사람들은 자신들의 명품에 걸맞는 노력과 열정, 관리에 최선을 다한 사람들임이 분명해. 그렇지만 그 명품을 소유하는 사람들이 그 가치보다는 남을 의식해 명품을 소유하는 것이라면 문제가 있는 것이지. 오히려 명품을 만든 사람들의 가치를 배우는 것이 훨씬 중요한 것이라고 여긴단다. 아빠는 그것을 외할머니를 통해 많이 느꼈어. 외할머니는 한때 손뜨

개 체인점을 낼 만큼 평생을 손뜨개 전문가로 사셨던 분이셔.

그런 외할머니의 모습 속에 진정한 장인 정신을 엿볼 수 있는 것들이 있어. 첫째는 유행을 만들기 위해 언제나 공부하고 연구하셨다는 것, 둘째는 새로운 기술을 익히기 위해 아무리 먼 곳이라도 달려가 배우셨다는 것, 셋째는 마음에 들지 않으면 짰던 옷들도 모두 풀어서 스스로 완벽하다고 여기실 때까지 다시 만드셨다는 것, 넷째는 당신이 만든 옷에 대해 언제나 관리를 해 주고 스스로 그것에 대해 자부심을 가지셨다는 거야.

아빠는 네가 명품을 스스로 창출할 수 있는 사람이 되길 원한단다. 그것이 어떤 물건이든 너의 손을 통해 명품이 탄생할 수 있도록 노력하는 것이 명품에 대한 진정한 가치를 아는 것이 아닌가 싶구나!

패션은 스스로에 대한 자신감이다. – 폴 스미스

PLUS TIP

어떤 일이든 10년을 열심히 하면 전문가가 된다. 그 일을 30년 하면 장인이 되고, 그 일을 대를 이어 하면 명문이 된단다.

베일 속의 세상을 확인하고 결정해라!

어떤 세상이든 어떤 일이든 겉에서 보는 것과 그 안으로 들어가 살펴보는 것과는 전혀 다른 느낌, 생각, 판단을 가져다준단다. 네가 무엇을 동경하든 네가 무엇에 관심을 가지든 겉으로 드러난 모습이 아닌 베일 속에 감추어진 그 세계의 안을 확인하길 바라.

예전에 방송국 출입 기자 신분으로 1년 정도 연예인 담당 기자를 한 적이 있어. 텔레비전이나 신문에서 보았던 연예인을 눈앞에서 보고, 그들과 이야기를 나누고, 함께 식사하는 게 일상이 되었다는 건 아빠에게 매우 흥분되는 일이었지. 바쁜 일정의 가수를 취재하기 위해 그들의 공연장, 광고 촬영장, 방송국 등을 따라다닐 때면 그 가수들 주변엔 한결같이 팬이 있었단다. 그중엔 연예인 세계에 대한 동경을 가지고 그 연예인이 되기 위해 준비하는 사람들도 있었어.

그런데 막상 아빠가 그 연예인들의 생활 속에 깊숙이 들어가다 보니 예전에 몰랐던 것들이 눈에 들어왔단다. 가장 큰 것은 화려한 조명 뒤에 감추어진 그들의 노력과 고통이었어. 그 어떤 직업 못지않게 힘겨운 생활을 곳곳에서 발견했지. '저런 모습을 알고도 연예인이 되고 싶을까?' 아빠의 생각은 거기까지 미쳐 있었단다.

실제로 연예인이 되어 많은 사람에게 알려진다는 것은 자신의 개인적 삶을 포기해야 한다는 전제 조건이 따른단다. 그 어떤 것도 자유롭게 할 수 없고, 오로지 스케줄에 따라 움직일 뿐이지.

이런 현상은 비단 어떤 직업에 국한된 것이 아니라 사물 속에서도 똑같이 벌어지곤 해. 지금은 강력히 규제한다고 하지만 한동안 출판계에 비밀 아닌 비밀이 있었어. '사재기'라고 부르는 일종의 관행이지. 베스트셀러를 만들기 위해 책이 출간되면 대형 서점에서 직원들이 자기 출판사의 책을 사는 거야. 그렇게 되면 인기 도서에 오르게 되고, 사람들은 막연히 그 책을 구입하게 되지. 그렇게 해서 곧 베스트셀러로 진입하는 거야. 이 또한 사람들이 책 속의 내용을 찬찬히 들여다 보고 자신에게 필요한 것인지 확인한 후 구입하는 형태였다면 불가능하겠지만 많은 사람이 그저 이름만 듣고 구입하기 때문에 벌어지는 현상이란다. 베스트셀러이면 좋은 책이겠지 하는 막연한 생각 때문이지.

세상에는 이처럼 겉으로 드러난 현상이나 모습만 가지고 사람들의 판단을 흐려 놓는 일이 많단다. 넌 네가 관심 있어 하는 세상에 대해, 관심 있는 사물에 대해 늘 그 안을 살피고 판단하는 사람이 되렴. 설령 그런 판단이 늦어져 네게 기회가 사라진다 해도 잘못된 생각으로 그 세계에, 그 사물에 접근하는 것보다는 훨씬 이로운 일이니까. 베일 속의 세상! 그건 네가 찾아내고 발견해내고 깊이 알수록 새로운 세상으로 네게 다가설 거다!

PLUS TIP

튼튼한 콩나물을 어떻게 재배하는지 아니? 통 속에 콩을 넣고 그 위에 무거운 철판을 올려놓는 거야. 과연 그곳에서 콩이 자랄까 싶겠지만 놀랍게도 콩은 그 무거운 철판을 위로 올리며 자라난단다. 네가 보지 못하는 세상 속에는 그처럼 놀라운 에너지가 꿈틀거릴 수도 있어. 무엇이든 이면을 보기 위해 노력한다면 그 세상도 너에게 다가올 거야.

너의 성공 이야기를 암송해라!

아빠가 아는 친구 중에 참 괜찮은 젊은이가 한 명 있단다. 미국의 아이비리그 대학을 졸업한 꽤 똑똑한 친구지. 그런데 이 친구에겐 특별한 습관이 하나 있어. 매일 아침 중얼거리는 건데, 그것이 바로 '자신의 성공 이야기' 라는 것이었지.

사람이 미래에 대해 꿈을 가지는데, 조금은 막연한 것들이 많아. 보통은 무엇이 되고 싶다고, 어떤 일을 하고 싶다고 큰 그림을 그리지. 그런데 계획은 구체적일 때 더 파급 효과가 있는 법이란다. '자신의 성공 이야기' 라는 것은 자신의 꿈이 이미 이루어졌다고 여기고 자신이 인생에서 어떤 성공을 했는지 구체적으로 적은 글이야.

"나는 스무 살 때 고전 500권을 독파하고, 로봇을 개발하는데 어떤 감정을 넣어 줄 지 50가지를 선정하여 스물다섯 살 때 그 꿈을 이루었다. 그리고 스물여덟 살 때 세계적인 로봇 연구소에 입사, 마흔 살이 될 때까지 특허 100개를 획득했으며 총 30가지 로봇을 개발했다(생략)."

　이처럼 자신이 생각하는 자신의 삶에 대해 구체적인 목표를 이룬 것
처럼 하나의 스토리를 만들어 그것을 매일 암송하는 거란다. 이렇게
하다 보면 자기 암시 효과를 보게 돼. 마치 자신이 그 꿈을 이룬 것 같
고, 그 꿈을 이룬 사람처럼 매사 행동과 생각을 하면서 살아가는 거야.

　어떻게 보면 이것도 일종의 피그말리온 효과라고 볼 수 있어. 피그말
리온 효과라는 것은 '다른 사람의 관심이나 기대로 인해서 그 결과가
좋아지는 현상'을 말한단다. 자기 충족적 예언이라고도 부르는데, 자
신에 대한 기대나 목표가 분명하면 자신도 모르는 사이 그 기대에 긍
정적인 영향을 끼친다는 것이야. 그리스 신화에 나오는 조각가 피그말
리온이 아름다운 여인을 조각하고 진심으로 그 여인을 사랑하게 되자
그 사랑에 감동한 여신 아프로디테가 여인의 상에 생명을 불어넣어 주
었다는 이야기에서 유래된 말이란다.

　아빠가 말한 젊은이 말고도 성공을 경험하는 사람들에게는 이렇게
자기 확신이 분명하다는 공통점이 있단다. 더구나 그들은 일종의 습관
처럼 자신의 성공에 대해 끊임없이 자기 최면을 걸며 살아가지. 아빠
도 네가 네 꿈을 완성된 문장으로 정리해 늘 암송하는 사람이 되었으
면 좋겠구나. 생각한 대로 이루어진다는 것, 그것은 몇 사람에 국한된
이야기가 아니라 우리들 삶에서도 맛볼 수 있는 진리가 아닌가 싶다.

PLUS TIP

율곡 이이 선생님은 16살 때 어머니 신사임당을 여의고 그 충격으로 방황의 날을 보냈지. 그러다 스스로 삶의 원칙을 세워 어머니가 원했던 바른 학자의 길을 가야겠다고 마음을 고쳐먹은 선생님은 자신의 삶에 대해 맹세한 서약의 글을 작성한단다. 그게 바로 자경문이라는 거야. 그 첫 문장은 이렇게 시작해. 先須大其志(선수대기지) 以聖人爲準則(이성인위준칙) 一毫不及聖人(일호부급성인) 則吾事未了(칙오사미료). "먼저 그 뜻을 크게 가져야 한다. 성인을 본보기로 삼아서, 조금이라도 성인에 미치지 못하면 나의 일이 끝나지 않은 것이다." 삶에 대해, 미래에 대해 생각만 하지 말고 반드시 글로 남기고, 그것을 늘 암송하거라. 너의 말처럼 너의 삶이 그 성공 속으로 성큼 다가설 테니까!

언제나 안전 운행을 하여라!

아빠는 다른 사람들보다 좀 늦게 자동차 운전을 배웠단다. 나이 서른이 넘어서 시작했으니 한참 늦은 셈이지. 그런데 운전면허를 따자마자 뉴질랜드로 잠시 나가서 살게 되는 바람에 사실상 운전은 뉴질랜드에서 처음 하게 되었어.

너도 알다시피 뉴질랜드는 운전석이 우리나라와는 반대란다. 영국이나 일본처럼 운전석이 오른쪽이지. 그래서 차들도 우리나라처럼 오른쪽 길로 가는 것이 아니라 왼쪽 길로 다녀. 초보 운전에, 낯선 외국이라 아빠는 조심조심 안전 운행을 할 수밖에 없었어.

그러다 운전이 좀 익숙해질 때쯤 다시 우리나라로 오게 되면서 새롭게 운전 감각을 익혀야 했고, 또 역시나 조심조심 안전 운행을 할 수밖에 없었지. 그런데 그 덕분에 아빠는 지금껏 안전 운행하는 것이 몸에 배고 말았어.

아빠의 별명 중 하나가 이 안전 운행과 관련된 것인데, 바로 '움직이는 네비게이션'이야. 길을 잘 찾아서가 아니라 워낙 과속을 하지 않는 안전 운전 습관 때문이란다. 아빠는 다른 사람의 차를 타도 늘 "지금 규정 속도를 넘었어요. 속도를 줄이세요."라고 말해. 운전에 있어서만큼은 거의 교과서 수준이라고 말할 수 있지.

아빠가 이런 습관을 갖게 된 것은 사실 뉴질랜드에서의 어떤 경험이 큰 계기가 됐기 때문이야. 지금도 기억하는 두 가지 아찔한 경험이지.

뉴질랜드는 도시가 복잡하지 않을 뿐더러 시내를 조금만 벗어나면 어떤 때는 온종일 차 한 대도 만나지 못할 만큼 나라 크기에 비해 인구도, 차도 적단다. 그래서 그런지 회전 교차로(라운드어바웃)가 많아. 신호등이 있는 것이 아니라 다른 방향에서의 차가 있는지 없는지 확인한 후 먼저 진입한 차부터 빠져나가는 교통 방식이지. 하루는 회전 교차로에서 차가 없는 것을 확인하고 차를 움직였어. 그런데 갑자기 다른 방향에서 차가 진입해 아빠 앞을 휙 지나가는 거야. 교차로에 대기 중이던 차는 없었지만 빠른 속도로 진입하는 차가 있었던 거지. 만약 그때 아빠가 일단 멈추지 않고 차 속도를 빠르게 유지했다면 커다란 사고가 나고 말았을 거야.

또 한 번은 오타와에서 크라이스트처치로 돌아오는 길에서 일어난 일이란다. 처음 간 곳이라 안전 운행을 하기는 했지만 고속 도로에 진입하고서는 안심을 했지. 규정 속도에서 최고 속력으로 달리던 중이었어. 약간의 언덕이 있는 도로였는데 경사가 있어서 그 앞이 보이지 않더구나. 그런데 언덕을 넘어서자마자 가슴이 철렁했단다. 갑자기 내리막길로 접어든데다가 앞에 사고가 있어 차들이 멈춰 있었던 거야. 아빠는 급하게 속도를 줄였지. 차가 회전을 하고 거의 앞 차와 부딪칠 순간까지 갔단다. 조금만 더 속도를 냈다면 큰 사고로 이어졌을 거야.

교통의 흐름이 자신의 생각대로만 된다면 사고는 나지 않겠지. 그렇지만 도로의 상황이라는 것이 내 뜻대로 되지도 않을 뿐더러 언제나 사고는 예상치 못한 상황 속에서 발생한단다. 작은 실수나 판단 하나로 자신이 쌓아 온 모든 것을 한순간에 잃을 수 있는 것이 교통사고인 거야. 운전을 안 하고 살 수는 없으니, 언제나 안전, 또 안전 운행을 하거라. 그것이 그나마 사고를 줄일 수 있는 최선의 방법이란다.

현대는 자동차를 만나 한 눈에 연심(戀心)이 생기고 마침내 그것과 결혼해서 두 번 다시 목가적 세계로 돌아가지 않는다. − J. 키이츠

PLUS TIP

운전석 옆자리에 앉아 있었을 때의 심정으로 운전하거라. 그것이 너 자신이나 너에게 안전을 맡긴 모든 승객에게 최고의 운전법이란다.

37

잎새에 이는 바람에도 괴로워해라!

행복이란 무엇일까? 기쁘고 즐겁고 웃는 일들로 가득하면 그것이 행복일까?

아빠의 경험상 행복은 가장 힘들고 가장 어둡고 가장 무기력한 순간에 찾아오더구나. 그런 힘든 일을 겪고 나면 비로소 자신이 지금까지 행복하게 살아왔다는 것을 깨닫게 되지. 또 한 가지 깨달음은 작은 것에 괴로워할 줄 알아야 돌아오는 행복이 크다는 거야.

한 작은 지방 도시에서 상담 선생님을 할 때의 일이란다. 그날은 동네에서 말썽을 피우는 학교 중퇴 청소년들을 모아 1일 관광을 떠나는 날이었지. 아빠는 버스에 혼자 앉아 있는 아이 옆에 가서 앉았단다. 이런저런 이야기 끝에 그 학생이 이런 말을 했어.

"선생님, 바다는 정말 끝없이 바다만 보여요?"

이야기를 듣다 보니 그 학생은 태어나서 바다를 한 번도 본 적이 없다는 거야. 그 순간 아빠의 눈에선 뜨거운 눈물이 흘러내렸어. 감추려고 했지만 결코 감출 수 없을 만큼의 눈물이 아빠의 볼을 타고 흘러내렸지. 아빠는 아무 말도 하지 못한 채 그 학생을 안아 주었단다.

그리고 며칠이 지난 후 그 학생이 상담실로 찾아왔어. 학생은 자신이 겪었던 일, 그리고 지금 힘들어 하는 일, 그렇지만 자신이 하고 싶은 소망과 꿈에 대해서 긴 이야기 보따리를 풀어놓았지. 몇 주간의 상담이 끝나자 학생은 다시 학교로 돌아갔고, 나중에 들어 보니 학교를 졸업하고 나서 한과 공장에서 일하며 기술자의 꿈을 키우고 있다더구나.

아빠는 내내 참았던 질문을 상담이 끝난 후 물었어. 어떻게 해서 아빠를 찾아올 생각을 했는지 말이야.

"지금까지 저를 위해 울어 준 사람이 없었어요. 선생님의 눈물이 뜨거워서 제 마음의 문을 열게 했나 봐요."

만약 아빠가 그 학생의 슬픔에 대해 무감각했거나 그냥 지나쳐 버렸다면 그러한 변화들이 시작될 수 있었을까? 아빠는 새삼 깨달았어. 누군가의 나지막한 소리에 귀 기울이고 함께 자신의 마음을 열 수 없다면 세상엔 이루어질 수 없는 것들이 너무나 많다는 것을!

그런 마음 때문인지 아빠는 윤동주 선생님의 서시를 무척이나 좋아한단다. 그중에서도 '잎새에 이는 바람에도 나는 괴로워했다. 별을 노래하는 마음으로 모든 죽어 가는 것을 사랑해야지.' 라는 대목을 가장 좋아해. 물론 학창 시절엔 이 시의 의미를 '양심의 괴로움을 떨치지 못하는 자신의 마음을 다잡는 과정'이라고 배웠지만 아빠의 느낌은 또 다르단다. 작고 힘없고 약한 것들에 대한 연민과 사랑, 그것을 공감하며 함께 약해질 수 있는 자신, 그런 가운데 어렸을 적 아이의 마음처럼 먼저 그들에게 손을 내밀 수 있는 용기를 아빠는 시에서 느꼈어.

세상엔 강하고, 좋고, 화려한 것이 많아. 또 우리는 쉽게 그것에 익숙해지지. 하지만 아빠는 그 반대되는 것에 대해 함께 아파할 줄 아는 사람이 되길 바란단다.

나 자신이 아닌 다른 생명에 가지는 무한의 존엄성이 지금껏 발견할 수 없었던 행복감을 네게 대신 전해 줄 거라 믿는다.

어느 누구에게도 감사할 줄 모르거나 마음의 문을 먼저 열 줄 모르는 아이를 가진 것은 뱀의 이빨과 같이 무서운 것이다. – 셰익스피어

PLUS TIP

어른들 말씀에 기쁜 경사에는 참가하지 않아도 슬픈 애사에는 반드시 참가하여 그 슬픔을 나누라 했단다. 사람의 마음이란 어려울 때 다가온 사람에게 더 가까이 문을 열어 주는 법이란다.

은혜를 잊지 마라!

대학 시절, 많은 젊은이가 그러했던 것처럼 아빠도 순수한 열정으로 살았어. 어려운 환경에서 자랐기 때문에 누구보다 그 어려움이 주는 불편을 잘 알고 있었던 아빠는 학생이라는 신분에도 불구하고 사회에 나온 몇 명의 고아들을 직접 돌보기 시작했단다. 학교를 다니며 아빠의 생활비와 아빠와 함께 생활하는 아이들의 생활비를 동시에 해결한다는 것은 그리 쉬운 일이 아니었지.

그래서인지 그 힘겨운 마음에 대학 축제가 있던 날, 아빠는 편하게 공부만 하는 것처럼 보이는 선배들에게 화가 잔뜩 나 대들었지. 그런데 며칠 후 한 선배가 찾아와 명함 하나를 주었단다.

"며칠 전 축제 때 널 보셨나 보더라. 널 도울 수 있는 분이니 가서 한 번 만나 봐."

아무 생각없이 아빠는 그분을 찾아갔지. 그리고 그분에게 아빠의 상황을 이야기했단다. 그런데 뜻밖의 횡재가 생겼어.

"자네가 졸업할 때까지 등록금을 대 주겠네."

처음 만난 분에게 그런 호의를 받게 될 것이라곤 상상도 못했어. 그분은 아빠가 다른 대학생들과는 다르게 누군가를 돕고 산다는 것을 기특하게 생각했을지도 모르지만 등록금을, 그것도 졸업할 때까지 준다는 것은 아무나 할 수 있는 일이 아니었어.

그분의 조건은 딱 하나!

"자네에게 도움이 되었다고 생각한다면 사회에 나와서도 누군가를 도우며 살면 되네."

그 덕분에 아빠는 아이들 돌보는 것도, 또 공부하는 것도 훨씬 수월하게 할 수 있었단다.

대학을 졸업하고 20여 년이 지난 지금까지 아빠는 1년에 두 번 그분을 찾아뵙는단다. 물론 대학을 졸업한 후에는 어떤 경제적 도움도 받지 않았지만, 아빠에게 그분의 은혜란 엄청난 것이지. 그 은혜에 대한 보답과 기대를 저버리지 않기 위해 아빠는 6개월에 한 번 정도 찾아뵙고 그 사이 어떻게 살았는지, 무엇을 꿈꾸는지, 누군가를 어떻게 돕고 있는지 말씀드린단다. 그 인연이 이렇게 긴 시간을 함께하리라곤 아무도 생각하지 못했어.

살다 보면 아빠에게 닥친 이런 도움 말고도 수많은 도움과 격려, 사랑, 배려를 주변으로부터 받게 될 거야. 그것에 대한 은혜를 잊지 않고 아무리 긴 세월이 지나도 감사의 마음을 간직하며 살아가는 건 결코 쉬운 일이 아니란다.

그러나 그렇게 살아온 아빠가 깨달은 것은 그것이 선순환적 고리를 만든다는 거야. 누군가의 은혜를 받은 사람이 또 다른 누군가에게 은혜를 베풀고, 그것이 돌고 돌아 더 아름다운 세상이 된다는 지극히 평범한 선순환적 고리. 지금에 와서 아빠에게 가장 큰 재산은 - 물론 가족을 제외하고 - 배려와 감사, 은혜를 주고받았던 아빠 주변의 사람들이 아닐까 싶다.

가끔씩 언론을 통해 보는 사랑의 장기 기증 운동도 비슷하더구나. 모르는 사람에게 가족이 장기 기증을 받으면, 그 환자의 다른 가족이 또 다른 누군가에게 장기를 기증하는 일이 많다고 해.

은혜를 잊지 않고 새로운 누군가에게 은혜를 베푸는 아름다운 순환은 인간만이 할 수 있는 가치로운 결정 중 하나란 생각이 든단다. 그 아름다운 순환에 네가 함께 동참할 수 있도록 언제고 다른 사람의 은혜를 잊지 말아라.

은혜를 베푸는 자는 그것을 감추라. 은혜를 받는 자는 그것을 남이 알게 하라. - 세네카

가끔 힘든 일이 닥쳤을 때 아빠는 아빠로 인해 어려움을 이겨내거나 웃음을 되찾은 사람들을 떠올리곤 해. 그러다 보면 어느새 아빠에게도 새로운 힘이 생겨나거든. 은혜를 잊지 않고 사는 것의 가장 좋은 방법은 은혜를 베푸는 것이란다.

39

잠들기 10분 전,
잠에서 깬 10분을 소중히 보내라!

미국 대통령 가운데 제임스 가필드라는 분이 있단다. 어려서 부모님을 일찍 여의고 자수성가한 사람 중 한 명이지. 이분은 인생 좌우명 10가지로도 유명해.

예를 들면 남을 나쁘게 말하지 않는다, 요행을 바라는 일은 피한다, 자신의 행동에 책임을 지고 그 결과에 대해 남의 탓을 하지 않는다 등이 있지. 그런데 이 중에 재미있는 게 한 가지 있어.

'잠들기 전에 반성의 시간을 갖자.'

제임스 가필드가 대학을 다닐 때의 일이란다. 공부에 자신이 있었던 가필드였지만 아무리 노력해도 늘 2등을 하는 거야. 그래서 1등은 어떻게 공부를 하나 지켜보기로 했지. 그러다 새로운 사실 하나를 알게 된단다. 1등은 자기가 평소 잠자는 시간보다 더 늦게까지 공부를 하는 거였어. 그래서 가필드는 1등을 하는 친구가 잠이 들면 그 시간보다 10분을 더 공부하고 자곤 했지. 결국 가필드는 1등을 해내고 말았어.

훗날 가필드는 피타고라스의 정리를 자신의 방법으로 증명할 만큼 수학에도 능한 대통령이 되었지.

그런데 1등보다 조금 더 공부했던 그 학창 시절의 10분이 사회에 진출한 가필드에게 소중한 시간으로 바뀌었단다. 바로 그 시간을 자신의 하루를 반성하는 시간으로 보낸 거야. 그러면서 가필드 자신은 존경받는 학자의 길을 갈 수 있었던 것이지.

사실 새로운 기획을 많이 만들어야 했던 아빠에게도 이 10분의 시간은 아주 소중한 시간이었단다. 하루를 열심히 생활하다 보면 정신없이 하루를 마감하게 되지. 그런데 눈을 감고 조용히 자신의 하루를 돌아보면 순간순간 놓쳤던 아이디어가 새삼스럽게 떠오르거나 혹여 자신이 잘못된 행동을 했으면 그것을 반성하게 되더구나. 고요한 가운데 마치 하나의 빛처럼 다가서는 섬광이라고 할까? 그 시간만큼은 모든 것으로부터 자유로운 나 자신의 영혼을 만나게 된단다. 아빠도 그렇게 해서 만든 기획이 아주 많아.

이와는 반대로 아침에 눈을 떴을 때 역시 소중한 시간이 되곤 한단다. 잠에서 깨면 곧바로 일어나지 않고 이불 속에서 이런저런 생각들을 하는 거지. 오늘 주어진 하루 일과 중에서 중요하게 해야 할 일과 꼭 해야 할 것들을 나름대로 순서를 정해 기억하는 거야. 그러면 하루를 살면서 그 중요한 것들을 놓치지 않고 실행할 수 있단다.

아마도 아빠에게 주어졌던 그 아침, 저녁의 10분이 누구보다 많은 일을 할 수 있도록 만들어 준 힘이 아닌가 싶어. 너에게도 그 시간은 똑같이 주어질 거야. 그 시간을 그냥 보내지 말고 너의 소중한 시간들로 채우렴. 잠들기 10분 전에는 하루를 반성하고, 잠에서 깬 10분은 하루 일과를 계획하는 거야. 그러면 남들보다 효과적으로 하루하루를 살아가게 될 거야.

오늘 하루의 가치는 내일보다 두 배의 가치가 있다. – 벤자민 프랭클린

PLUS TIP

아침, 저녁의 10분을 더 효과적으로 쓰려면 항상 너의 머리맡에 메모지를 두어야 한단다. 생각날 때 그 흔적을 남겨 두어야 잊지 않고 그 아이디어를 연장해 나갈 수 있거든. 아빠는 평소 가지고 다니는 메모 수첩과 머리맡에 두는 메모지가 다르단다. 잠결에 앞이 보이지 않는 상황에서 메모를 하려면 굵은 펜으로 떠오르는 단어 몇 개만 적는 게 현명하기 때문이야. 너도 그 방법을 한번 삶에 적용해 보렴. 의외로 얻는 것이 많을 거야!

40

집을 깨끗하게 사용하는 방법을 익혀라!

우리 집을 갖기까지 참으로 많은 이사를 하며 살았던 것 같구나. 언덕 위 단칸방 월세부터 반지하 전세, 그리고 거의 2년에 한 번씩 아파트 전셋집들로 이사를 거듭했지. 그런데 희한하게도 주인이 집을 내놓으면 우리가 살던 집은 참 빨리도 새 거주자를 찾았어. 처음엔 그런가 보다 생각했는데, 이젠 그 이유를 알았단다. 집을 보러 오는 사람들이 한결같이 했던 말. "이 집은 참 깨끗하네요."

넌 어려서부터 익숙하게 보고 자라서 모든 집이 그렇다고 여길 테지만 사실 우리 집만의 특징이 몇 가지 있단다. 아마도 그건 할머니에게서 네 엄마가 물려받은 생활 습관 때문일 거야.

그 첫 번째가 화장실이란다. 요즘 집에 있는 화장실은 변기와 세면대와 욕조가 같이 있지. 그래서 항상 화장실에선 물을 사용하게 되고 필수적으로 욕실화를 신고 다니게 된단다. 그런데 우리 집은 화장실을 맨발로 다녀. 세면대 밑에는 수건을 깔아서 혹시 물이 튀면 닦고, 욕조엔 커튼이 달려 있어서 샤워나 목욕을 해도 물이 밖으로 튀지 않지. 그러니 굳이 화장실에서 신발을 신고 다닐 이유가 없는 거야. 그런데 다른 집도 그럴 거라고 여기면 큰 오산이란다. 아빠는 우리 집처럼 화장실을 맨발로 다니는 집을 본 적이 없거든. 이렇게 하면 물때가 끼지 않아 몇 년이 지나도 화장실을 늘 깨끗하게 유지할 수 있단다.

두 번째는 가스레인지 주변이야. 엄마는 이사를 하면 꼭 은박지를 가스레인지 주변의 벽과 바닥에 테이프로 붙여 놓는단다. 기름을 많이 사용하는 우리나라 요리법의 특성상 가스레인지 주변은 늘 기름이 튀게 되어 있지.

그런데 청소를 할 때 대부분 가스레인지에 묻은 기름을 지우는 정도로 한단다. 그것이 계속되면 기름때가 벽에 계속 끼어서 나중엔 닦기조차 힘들게 되어 버려. 하지만 은박지를 붙여 두면 불에도 안전하고, 더러워지면 그 은박지만 떼어 내고 다시 붙이면 되는 거야. 그러니 누가 봐도 그 가스레인지 주변이 깨끗할 수밖에 없는 거란다.

이밖에도 집을 깨끗하게 사용하는 방법은 아주 많아. 가끔씩 거실이나 안방의 가구를 옮기는 것도 좋아. 평소 청소기로 청소할 수 없었던 가구의 밑이나 뒤를 깨끗하게 청소해서 집에 먼지나 작은 벌레들을 없앨 수 있거든. 이런 노하우는 반드시 익혀 두거라.

네가 혼자 살거나 새로운 가족이 생겼을 경우, 건강과 쾌적한 환경을 위해 소중한 정보가 될 거야. 아빠는 네 엄마 덕분에 좋은 집 안 환경에서 살았단다. 남들이 생각하는 것처럼 그것이 절대 불편하지 않다는 것은 너도 살아 봐서 알고 있지? 너에게도 그 노하우들이 잘 전수되길 바란다.

PLUS TIP

화장실에서 바닥에 물을 사용하지 않는 대신 두 가지를 가끔씩 해 주어야 한단다. 한 달에 한 번쯤은 바닥 물청소를 해서 깨끗하게 말려 주어야 하는 것과 가끔씩 하수구에 물을 뿌려 주어야 해. 안 그러면 다른 집 냄새가 하수구를 통해 들어오는 일이 생기거든.

작은 것에 목숨 걸지 말고 큰 것을 아껴라!

남자나 여자나 안 좋은 습관 중 하나는 진짜 아껴야 하는 것을 잘 모른다는 거란다. 1,000원짜리 물건을 살 때 100원은 아끼려고 하면서도 정작 100만 원짜리 물건을 살 때는 그 10%인 10만 원을 아끼려는 사람은 드물어. 또한 그 100만 원짜리 물건이 꼭 지금 필요한 것인지도 깊이 생각하지 않는다는 거야.

일상적으로 먹고 사는 것 말고 집안 살림에서 목돈이 들어가는 것이 바로 가전제품이란다. 그런데 넌 가전제품의 수명이 몇 년 정도라고 생각하니? 가전제품마다 다르겠지만 아빠의 경우엔 텔레비전, 냉장고 심지어 청소기까지 20년 이상을 사용해 왔단다. 그것이 어떻게 가능하냐고? 두 가지 이유가 있지. 첫째는 관리를 잘하는 것. 둘째는 성능이 떨어진다거나 디자인이 마음에 들지 않는다고 바로 바꾸지 않는 것. 우리 집이 그래도 저축을 하면서 살아올 수 있었던 건 이러한 절약 정신이 있었기 때문이란다.

그런데 아빠는 반대 상황을 너무나 많이 보아 왔어. 특히 전셋집을 새로 지은 아파트로 옮기는 경우가 종종 있었기 때문에 더 많이 봤을지도 몰라. 새 아파트로 이사 오는 사람 대부분은 처음 집을 장만했거나 집을 가지고 있다가 넓은 평수로 이사를 오는 사람, 그리고 우리 집처럼 전세를 얻어 깨끗한 집에서 살고 싶은 사람이 많지. 그런데 한결같이 이 사람들에겐 비슷한 면이 있더구나.

처음 집을 장만한 사람은 새집에 맞추어 새 가구나 가전제품을 들여 새로운 출발 기분을 느끼려 하고, 넓은 평수로 이사를 온 사람들은 그 집의 크기나 디자인에 걸맞는 새 가구나 가전제품을 들여놓지. 우리 집처럼 단지 전셋집을 옮긴 경우에도 크게 다르지 않단다. 내 집은 아니지만 새집에 어울리는 가구나 가전제품을 놓고 싶은 거야. 아빠, 엄마라고 그런 마음이 없었겠니. 하지만 멀쩡한 가구나 가전제품을 버릴 수는 없잖아! 또 아빠, 엄마에겐 특별한 이유도 있었어. 그건 우리가 사용하는 가구나 가전제품들이 신혼 시절, 봉급을 타면서 하나씩 마련한 것들이기 때문에 애착이 컸던 거야. 한 달 열심히 일하고 생활비 쪼개 냉장고 샀던 날, 얼마나 기뻤는지 몰라.

큰 것을 아끼지 않는 습관은 생활 곳곳에서 나타난단다. 불필요하게 외식을 자주 하는 집, 새로운 제품이 나오면 곧바로 구입해 사용해야 직성이 풀리는 집, 외국 여행을 나가면 우리나라보다 싸다고 당장 필요하지도 않은 고가의 제품들을 하나씩 사 오는 집, 자녀에게 꼭 메이커 옷이나 신발 등으로 치장을 해야 당당하다고 여기는 집 등 그 모습도 천태만상이지. 그렇지만 그건 현명한 소비 문화가 아니란다. 아무리 작은 것들을 열심히 아낀다 하더라도 불필요한 큰 것 하나를 구입함으로써 그동안의 모든 노력이 허상이 되는 거야. 넌 큰 지출을 현명하게 고민하고, 판단하고, 행동하는 소비자가 되렴.

현명한 사람은 모든 것을 자신의 내부에서 찾고, 어리석은 사람은 모든 것을 타인에게서 찾는다. - 공자

PLUS TIP

손해를 보는 것 같아도 시장에서 농수산물을 살 때는 너무 깎으려 하지 마라. 작은 이윤을 남기려는 사람들에게는 오히려 넉넉하게 베푸는 것이 더불어 사는 흥이란다.

42

이웃에게 먼저 인사해라!

살아가면서 겪는 참 난감한 일 중 하나가 직장 주변이나 집 근처에서 너무 자주 봐 안면만 있는 사람을 맞닥뜨릴 때란다. 인사를 나눈 적이 없어 그저 눈만 마주치고는 서로 모르는 척하기 때문이야. 더구나 그 사람이 이웃이라는 사실을 알게 되어도 그동안의 어색함 때문에 인사를 나누기 어렵지. 아파트에서 한 엘리베이터를 이용하는 경우도 이러한 일이 비일비재해. 그런데 외국에서의 경험을 한번 떠올려 보렴.

뉴질랜드에서 살 때 본 그 나라 사람들의 가장 큰 특징 중 하나는 길을 가다가도 아침이면 "Good Morning." 하고 반갑게 인사를 먼저 건넨다는 거야. 처음엔 어색했지만 우리도 답례 인사를 하게 되었지. 그렇게 이웃의 한 할머니와 인연이 시작되었어.

그러다 저녁 산책 길에 한 가정집 부엌에서 맛있는 빵 굽는 냄새가 나 유심히 살펴보다가 바로 그 할머니 집인 걸 알게 되었단다. 할머니는 우리를 반갑게 맞고 그 빵을 나누어 주었어. 그것이 인연이 되어 가끔씩 왕래가 있었고 비로소 우리는 이웃이 될 수 있었단다.

그러던 어느 날, 아빠에게 억울한 일이 생겼어. 할인마트에서 물건을 구입했는데, 글쎄 잔돈을 덜 준 거야. 아빠는 점원에게 열심히 설명을 했지만 그 점원은 낯선 동양 남자의 말을 믿지 않았어. 줄 잔돈을 모두 주었다는 것이지. 아빠는 졸지에 돈을 더 받아 내려는 파렴치한 인간이 되고 말았단다.

그때 그 할머니가 장을 보러 왔어. 아빠는 서툰 영어로 할머니에게 상황을 설명했고, 할머니는 점원에게 가서 아빠를 대신해 설명해 주더구나. 그때 정확하게 기억나는 말이 있어. "I trust him." 오랫동안 이웃으로 함께한 할머니는 아빠를 믿어 주었고, 그런 어려운 상황에서 아빠의 편이 되어 준 거야.

굳이 이런 일이 아니더라도 이웃과 가까이 지내는 건 여러 가지로 도움이 된단다. 예전에 네가 아팠을 때, 아빠는 출장 중이었고 엄마는 직장에 있어서 어떻게 해야 할 지 곤란할 때가 있었지. 그때 옆집 아주머니에게 부탁했던 기억이 나는구나.

그럼 어떻게 하면 이웃과 낯설지 않고 가까이 지낼 수 있을까?

첫 번째 비결은 역시 먼저 인사를 건네는 거란다. 웃는 얼굴로 인사를 나누게 되면, 말하기가 훨씬 쉬워지거든.

두 번째는 음식을 나누는 거야. 지금까지 경험한 바로는 가장 좋은 음식이 부침개더라. 기억나니? 뉴질랜드 우리 집 옆에 살았던 던 할아버지 말이야. 공군 조정사로 전역하고 음악 공연단을 조직해 봉사 활동을 다니던 던 할아버지. 엄마가 부추전을 주었더니 풀로 이렇게 맛있는 음식을 만들 수 있다고 신기해하던 그 던 할아버지 기억하지? 그 후 너를 끔찍이 이뻐해 줘서 넌 자주 던 할아버지한테 가 악기 연주를 배우곤 했지. 음식을 나누는 건 정말 사람이 친해지는 데 마법 같은 역할을 한단다.

세 번째는 이웃집 변화에 관심을 가져 주는 거야. 누군가 찾아오거나 아기가 생기거나 했을 때 관심을 두고 말을 건네면 상대방은 호의적인 느낌을 받는단다. 물론 이 모든 것의 출발은 먼저 인사를 건네는 것이란 점을 잊지 말아야 해.

매일 당신과 동행하는 이웃의 길 위에 한 송이 꽃을 뿌려 놓을 줄 안다면 지상의 길은 기쁨으로 가득 찰 것이다. – R. 잉글레제

PLUS TIP

인사할 때는 밝은 표정으로, 너무 과장되지 않게 해야 한단다.

43 역사 공부는 멈추지 마라!

유명한 책 중에 E. H. 카의 《역사란 무엇인가》라는 것이 있어. 그 책에서 저자는 "역사는 현재와 과거 사이의 끊임없는 대화."라고 말하지. 과거의 어떤 사실을 알기 위해 현재의 모든 정보를 동원해 역추적하는 것이 역사란다. 그런데 역사는 과학과 비슷한 점이 있어. 새로운 사실이나 발견이 있으면 그 진실은 언제든 바뀔 수 있다는 거야. 개인의 입장에서도 마찬가지란다. 자신이 알고 있는 것이 모두 진실이라고 여겼다가 새로운 사실을 접하게 되면 혼란에 빠지지. 하지만 그만큼 진실에 더 가까이 갈 수 있는 계기가 되고 그만큼 진실을 통해 배울 수 있는 것이 많아지게 된단다.

우리나라 역사의 경우에도 여전히 학계에서 논란이 되고 있는 것이 많단다. 예를 들어 '첨성대가 과연 천문대의 역할을 했을까?', '거북선이 정말 철갑선이었나?'와 같은 것들은 반대의 주장도 만만치 않지.

또 아예 잘못 알려진 역사도 너무나 많아. 예를 들어 '온달은 바보가 아니라 평강 공주와 결혼하기 전 이미 훌륭한 장수였다는 것.’, ‘고려장은 고려의 풍습이 아니라 설화라는 것.’, ‘문익점은 몰래 목화씨를 가져온 것이 아니라는 것.’, ‘강감찬의 귀주 대첩은 강물을 막아 대승을 거둔 것이 아니라는 것.’ 등등 셀 수 없을 만큼 많아.

그래서 이렇게 어느 일방의 주장을 근거로 한 역사만을 알고 있다면 완벽하게 잘못된 지식으로 살아가게 되는 것이지.

우스갯소리로 이런 말을 하곤 해. 만약 100년 후 후손들이 현재 우리나라 사람들의 쓰레기장을 발굴한다면 이런 해석을 하게 될 거란 거야. “100년 전 우리 조상의 주식은 라면이었다.” 눈에 보이는 증거만으로 해석을 하게 된다면 이런 오류를 범할 수 있다는 것이지.

역사에서는 언제든 새로운 사실이 계속 나올 수 있단다. 그러다 보면 자신이 알고 있던 사실이 완전히 뒤바뀌는 경우도 많지. 또 알려진 것과 달리 깊이 역사를 이해하다 보면 더 많은 진실을 알게 되고 오늘의 자신의 삶에 새로운 시각을 갖도록 도와주게 돼.

특히나 우리나라는 일제 침탈의 시대를 겪으며 잘못 알려진 것이 너무나 많단다. 하다 못해 우리의 역사를 무시하기 위해 이름도 많이 바꾸었어. 상인들의 도움을 크게 받았던 태조 이성계는 상인들을 존중해 ‘부보상’이란 이름을 정해 주었는데, 일제는 상인들로 인해 피해를 보자 그들을 업신여기는 입장에서 ‘보부상(봇짐장수+등짐장수)’이라고 부르게 했지. 석굴암도 마찬가지야. 원래는 불국사와 같은 절이었기 때문에 석불사라 불렀는데, 일제는 그저 암자에 불과하다고 석굴암이라 바꾸었지.

역사는 알면 알수록 진실에 가까워진단다. 그래야 네 삶에 정확히 반영할 수가 있어. 또한 역사는 앞을 예측하는 중요한 도구이기도 한단다. 잘 생각해 보면 고구려와 부여의 입장이나 현재 우리나라와 북한의 입장은 비슷한 점이 많지. 역사 공부는 절대 멈추지 마라! 네가 진실에 가까워질 때 네 판단도 정확해질 수 있단다.

역사는 항상 새롭게 다시 쓰여지며, 따라서 모든 역사는 현재의 역사이다.

– 칼 벡커

PLUS TIP

역사를 볼 때는 어떤 사건이 언제 있었는가보다는 그 사건이 왜 있을 수밖에 없었는지를 먼저 생각해 보거라. 어떤 사건이든 한 가지 이유로 생기지는 않아. 그 시대의 다양한 이유와 근거를 찾는 것이 필요하단다.

건강의 비결은 습관에서 찾아라!

언젠가 병원에서 정기 검진을 받았는데 재검 통보를 받았단다. 척추 측만증이 의심된다는 거였어. 평소에 자주 어깨가 결리기 때문에 어느 정도 척추가 휘었을 거라고 생각은 했지만 병이 의심될 정도라고는 생각하지 못했단다.

다행히 재검 결과 심각한 수준은 아니라고 판명이 났어. 그러면서 의사가 해 준 조언은 평소 바른 자세로 앉으라는 것이었지. 한쪽으로 기대어 앉거나 다리를 꼬고 일을 하면 자연스럽게 척추가 휜다는 거야. 사실 아빠는 책상에 앉아 일을 할 때가 많은 사람이고, 또 습관적으로 약간 옆으로 기대거나 허리를 숙여서 일을 하는 버릇이 있었지. 그때부터 가급적 바른 자세로 앉아 일을 하기 위해 노력했지만 습관이라는 것이 그리 쉽게 바뀌지는 않더구나. 그때 새삼 알았단다. 모든 병이 잘못된 습관으로 인해 시작된다는 것을 말이야.

아빠는 양쪽 어깨의 높이가 달라. 학창 시절 어깨에 메는 가방을 가지고 다녔는데, 늘 오른쪽 어깨로 멨거든. 그러다 보니 흘러내리는 가방을 내려가지 않도록 하기 위해 자꾸 오른쪽 어깨를 높이 쳐드는 버릇이 생겼고, 결국 오른쪽 어깨가 왼쪽 어깨보다 높아지고 말았단다. 먹는 습관도 마찬가지야. 고기를 워낙 좋아하다 보니 다른 종류의 반찬은 거의 손을 대지 않고 고기를 집중적으로 먹곤 했어. 음식을 고를 때도 가능하면 고기를 먹을 수 있는 식당을 찾곤 했지. 결국 60킬로그램 전후의 아빠 몸무게는 이제 80킬로그램을 넘기고 말았단다. 몸이 비대해지면 상대적으로 성인병에 걸릴 확률이 높아져. 비만이 모든 성인병의 근본 원인이라고 하는 건 다 이유가 있어. 아무튼 아빠의 잘못된 습관은 건강에 그리 좋지 않다는 것만은 사실이지.

건강을 지키기 위해 운동을 하고 시간을 내어 건강 관리를 하는 것도 중요하지만 사실 평소 습관만 잘 들여도 어느 정도의 건강은 지킬 수 있단다.

아빠가 생각하는 일상 습관은 크게 다섯 가지야.

첫째, 걸을 때 허리를 펴고 조금은 빠른 걸음으로 걸어다니는 것. 그것은 그만큼의 운동 효과를 주기도 하고 또 척추를 바르게 유지할 수 있게 해 준단다.

둘째, 텔레비전을 볼 때는 요가나 체조 동작을 하면서 시청하는 것. 이것은 엄마가 잘하는 방법인데, 따로 운동하지 않아도 늘 균형된 체형을 유지하는 비결이 거기에 있어 보이더라.

셋째, 식사는 일정한 양을 유지하되 반찬을 고루 섭취하는 것. 균형 잡힌 식사는 어떤 보약보다 좋다는 것이 아빠의 지론이란다.

넷째, 한 시간 정도 일하면 10분 정도 몸을 쉬게 하는 것. 그것은 신체 활동이나 정신 활동이나 모두 마찬가지야. 적절한 휴식이 몸의 신진대사를 원활하게 하거든.

다섯째, 잠은 바른 자세로 누워 충분한 수면을 취할 것. 아무리 몸살로 아파도 잠을 자고 나면 개운해지는 것처럼 바른 자세의 충분한 수면은 건강 유지에 최고라고 생각한단다.

물론 이외에도 많은 습관이 건강을 유지하는 데 도움이 될 거야. 하지만 이 다섯 가지라도 제대로 지켰으면 좋겠구나.

건강을 당연하게 받아들이지 마라. 대체로 건강을 잃기 전에는 건강에 대해 감사할 줄 모른다. 건강할 때 그 건강을 유지할 수 있는 일들을 적어도 세 가지 정도 매일 의식적으로 행하라. – 어니 J. 젤린스키

PLUS TIP

사실 건강 유지의 최고 비결은 웃음이란다. 즐겁게 생활하는 사람이야말로 건강하게 살아가는 사람이지.

45

바보 소리를 들을 만큼 정직해라!

아빠는 중학교, 고등학교, 대학교를 모두 장학생으로 다녔단다. 그렇지만 초등학교 입학 때부터 공부를 잘했던 것은 아니야. 초등학교 입학 당시 아빠는 이름도 쓸 줄 몰라서 첫날부터 나머지 공부를 해야 했거든. 초등학교 1학년 우리 반 총 72명 중에 성적은 뒤에서 2등. 그래, 71등을 했어. 그렇게 초등학교 1학년을 보내고 2학년에 올라가자마자 아빠는 평생 기억에 남을 일을 겪게 된단다.

새 담임 선생님으로부터 교과서를 지급받고 얼마 후 아빠는 교과서를 잃어버렸어. 아빠 기억엔 교실에 두고 온 것 같은데 아무리 찾아도 찾을 수가 없었지. 불안에 떨던 아빠는 결국 선생님께 거짓말을 하기로 했어.

"선생님, 전 교과서를 받질 못했는데요."

그러자 선생님은 출석부를 꺼내 보시더니 갑자기 화를 내시는 거야. 앞으로 불려 나와 벌을 받았지.

“번호대로 나눠 주었는데, 넌 1번이야. 중간 번호였으면 빼고 나눠 줄 수 있지만 1번부터 나눠 줬는데 어떻게 1번을 빼 먹니?”

아빠의 생각이 짧았지. 엄청나게 혼나고 반성문도 쓰고 교실 청소까지 한 후에 교무실로 다시 불려 갔어.

그때 선생님이 말하셨지.

“선생님은 네가 공부도 안 하고 성적도 형편없지만 그래도 널 좋아했다. 정직한 아이라고 생각했으니까. 그런데 오늘 선생님은 네게 큰 실망을 했어. 공부보다도 더 큰 것을 네가 잃어버리는 것 같아 선생님도 슬프단다.”

그날의 일은 지금까지도 생생하구나. 그날 이후로 아빠는 아빠의 가장 큰 장점이 정직이라 생각하고 거짓말을 하지 않기로 다짐했어.

학창 시절이나 사회에 나와서나 아빠는 이 정직의 원칙을 지키려고 애썼다. 때로는 아빠에게 불리한 일이 생겨도, 설령 다른 사람의 오해를 받는 일이 생겨도 거짓말로 피하기보다는 진실과 정직으로 승부하고자 했어.

한번은 아빠가 만든 책에 오류가 생긴 적이 있었단다. 사실 그대로 서점에 내놓고 문제가 생기면 다시 찍을 때 수정해서 교환을 원하는 몇 사람만 바꿔 줘도 되지. 그런데 아빠는 그것이 옳은 방법이라고 생각하지 않았어. 주변의 몇몇 동료들도 상사에게 보고하려는 아빠를 말

렸지. 그렇지만 아빠는 바보 소리를 들을지언정 사실을 말하는 것이
옳다고 여겼어.

결국 보고를 했고 아빠는 시말서를 쓰게 되었지. 또 아빠가 만든 그
책은 세상에 나가 보지도 못한 채 전량 폐기되었단다. 그런 어려운 일
을 겪은 그 해, 아빠는 다른 사람들보다 먼저 승진을 했어. 중요한 역할
도 더 많이 할 수 있게 되었지.

사석에서 사장님이 그러시더라.

"정직한 자네가 바른 책을 만들 거라 믿었네."

때로는 바보 소리를 들을 만큼 정직한 것이 당장은 어렵고 힘든 상황
을 맞이한다 해도 끝끝내 좋은 결과를 가져오리란 것을 깨달았단다.
살다 보면 여러 가지 이유로 모른 채 하거나 거짓을 고하거나 사실을
숨겨야 하는 때도 많을 거야. 그렇지만 그것이 옳은 길이 아니고 또 누
군가를 지켜주는 것도 아니라면 회피하지 말고 정직하게 현실을 맞이
하거라.

정직한 인물로 대표되는 사람이 링컨 대통령이란다. 점원 시절, 자신이 건네주지 못한 거스름돈 6센트를 돌려주기 위해 밤새 그 집을 찾아간 일화는 유명하지. "당신은 모든 사람을 잠시 동안 속일 수 있다. 그리고 어떤 사람들을 항상 속일 수는 있다. 그러나 모든 사람을 항상 속일 수는 없다." 링컨 대통령의 이 말처럼 거짓말은 반드시 드러나기 마련이란다.

소극장으로 가 연극을 보아라!

아빠가 한때 같이 일했던 사람 중에 극작가가 있었단다. 남편은 연극 배우였고, 자신은 연극 대본을 썼지. 그 사람 덕분에 자주 연극을 보러 갔었어. 그런데 한두 번 갈 때는 신기하고 재미있다는 생각만 들다가 자주 가다 보니 '새로운 세상 읽기' 방법을 알게 되더구나. 소극장에서의 연극은 또 다른 우리들의 삶 그 자체였단다.

아빠가 소극장에서 봤던 공연 중에는 발레도 있었어. 그 감동이 하도 커서 공연 홈페이지에 글을 남기기도 했지.

"무대와 저의 거리는 겨우 3~4미터 정도. 그런데 숨이 멈출 것 같은 장면이 연실 이어집니다. 웅장한 무대에서는 무용수들의 화려한 의상이 눈을 자극한다면, 소극장에서는 무용수들의 이마와 얼굴에 맺힌 땀, 어깨 선을 따라 맺힌 땀, 그리고 가슴을 따라 흐르는 땀이 눈을 자극합니다. 그것은 충격이었습니다. 멀리서 보면 화려한 조명 아래의 그들이 있지만 가까이에서 보면 한 동작 한 동작에 최선을 다하는 그들의 땀방울이 보이는 것입니다. 이것은 또 다른 삶의 현장이었습니다. 그저 다가서기에 어렵고 화려한 이방인이 아니라 이 휴식이 있기까지 또 다른 삶의 현장에서 땀을 흘리며 이 자리에 온 나와 같은 사람들이 살아가는 똑같은 현장이었던 것입니다.”

그 전율과 감동을 네가 느꼈다면 아마도 바로 다음 주에 다른 작품을 보기 위해 대학로로 발걸음을 옮겼을 거야.

사실 소극장에서 활동하는 대다수의 연극배우들은 참으로 어려운 생활을 감당한단다. 아빠가 아는 그 극작가의 남편도 1년 수입이 200만 원 남짓이었어. 그건 아빠의 한 달 월급의 절반도 안 되는 돈이었지. 그런 적은 수입에도 불구하고 그들이 최선을 다해 연극을 준비하고 몸이 아파도 공연을 이어가는 것은 바로 연극에 대한 그들의 열정이 살아 숨쉬고 있기 때문이야. 그런 열정을 가까이서 지켜보는 것만으로도 네게 큰 자극이 될 거라 믿는다.

우리가 아는 유명 인기 스타 중 많은 사람이 연극배우 출신이라는 것도 그들의 열정과 무관하지 않는단다. 악조건 속에서 키워 온 그들의 탄탄한 연기력 덕분에 우리는 드라마나 영화를 보며 마치 실제의 한 장면처럼 빠져들어 함께 웃고 함께 울 수 있는 것이라 생각해.

소극장을 찾아 그들의 열정을 보거라. 그들이 작품 속에서 애써 표현하려는 것이 무엇인지 생각해 보고 찾아보고 함께 고민해 봐라. 그들은 우리에게 삶의 또 다른 모습들을 보여줌으로써 우리가 더 넓고 더 깊은 생각을 하는 같은 시대의 사람들로 살아가길 간절히 원하고 있으니까! 네가 그 연극을 본 후 다시 너의 자리로 돌아왔을 때 넌 더 큰 간절함과 더 큰 격려로 서 있을 거라 믿는다.

인생은 연극과 같다. 훌륭한 배우가 걸인도 되고, 삼류 배우가 대감이 될 수도 있다. 어쨌든 지나치게 인생을 거북하게 생각하지 말고 솔직하게 어떤 일이든지 열심히 하라. - 후쿠자와 유키치

PLUS TIP

소극장에서 연극을 볼 때는 가급적 가까이 가서 앉거라. 무대 전체를 잘 보기 위해 조금은 떨어진 곳에서 지켜보는 것도 의미있지만, 소극장의 진짜 매력은 바로 눈앞에서 배우의 땀을 보고, 배우의 숨소리를 듣는 것이란다. 아빠의 경험으로는 배우의 열정이 고스란히 너의 가슴에 파고들 수 있도록 가까운 자리를 추천하고 싶구나.

선택은 목적과 역할과 이익의 관점에서 결정하라!

인생은 끝없는 선택의 연속이란다. 단순하게는 먹을 음식이나 입을 옷을 선택하는 것에서부터 크게는 직업이나 배우자를 결정하는 것에 이르기까지 참으로 다양하지. 그런데 이 많은 선택을 어떻게 해 나가는 것이 현명한 것일까? 그때 그때 상황에 맞춰 결정하면 되는 것일까? 이러한 선택이 모여 너의 인생을 결정하게 된다는 것을 감안한다면 너만의 인생, 당연히 너만의 원칙이 있어야 하지 않을까 싶구나.

아빠만의 선택의 원칙은 목적과 역할, 그리고 이익의 관점에서 판단하는 것이란다. 예를 들어 직장 선택을 가지고 이야기를 해보자.

현재의 직장을 다닐지 아니면 다른 직장을 다닐지에 대한 선택 앞에서 아빠는 일단 목적부터 생각한단다. 직장을 다니는 목적은 무엇인가? 만약 나 자신의 꿈을 이루고 경제적인 문제를 해결하는 것이 목적이라면 현재의 직장과 다른 직장 중 어떤 것이 아빠의 꿈 실현에 더 밀접한 것인지 판단해야 하겠지. 물론 경제적인 문제도 고려해야겠지만 목적에 가중치를 부여한다면 꿈 실현과 더 가까운 것이 우선적으로 선택될 거야.

그다음 역할에 대해 생각할 거란다. 현재 직장에서 나의 역할은 무엇이고, 새로운 직장에서의 역할은 무엇인지, 그 역할이 나 자신에게 적절한 것인지, 또 목적인 꿈 실현 측면에서 어떤 것이 더 근접한 것인지 생각해 볼 거야. 만약 주어진 역할에 비해 아직 준비가 안 되었다면 그 준비부터 하는 것이 맞는 거란다.

마지막으로 이익의 관점에서 생각을 하게 될 거야. 이익은 두 가지로 나눠야 해. 첫째는 나 자신에게 돌아올 득과 실을 살피는 것이고, 둘째는 이 일의 선택과 관련된 내 주변이나 조직에게 돌아갈 득과 실을 살피는 거란다. 내 주변은 대부분 직접 연관된 가족이 중심이 될 것이고, 조직은 동료나 친구 등이 되겠지.

이런 세 가지 관점을 두고 선택을 한결같이 해 나가면 그것이 바로 아빠다운 선택과 인생 항로가 되는 거야.

여기서 가장 우선시해야 할 것은 역시 목적이고, 그다음 역할, 그리고 이익이 된단다. 가령 직장 동료들과 점심 식사의 메뉴를 선택하려고 한다면, 첫째 점심 식사의 목적을 어디에 둘 것인지부터 판단해야 해. 맛있는 식사를 하고 싶은 것인지, 건강을 생각하는 것인지, 빠른 식사를 원하는 것인지 등 식사의 목적을 우선 고민해야 한단다. 그다음 역할에 대해 생각해 보는 거야. 몇 가지 예상 음식점들의 음식이 그 목적에 맞는지 살펴보는 거지. 그만큼의 역할을 할 수 있는지 말이다. 마지막으로 이익에 대해 생각해 봐야 해. 우선 내게 지금 적합한 음식인지, 그리고 다른 동료들에게도 맞는 것인지 봐야지. 음식 같은 경우 어떤 사람들은 안 좋아하거나 꺼려할 수 있으니 그건 반드시 배려해 주어야 한단다. 이런 방식으로 생각을 하다 보면 선택은 명확해지지.

수많은 선택의 기로에서 아빠는 목적과 역할, 이익의 관점에서 늘 생각하며 살았단다. 너에게도 어느 정도는 이것이 통용될 것 같구나. 더 좋은 선택의 원칙들을 세워 나가기 전에 일단 한번 적용해 보렴. 목적에 맞는 선택, 준비된 역할에 맞는 선택, 그리고 나 자신과 주변 사람들의 이익을 대변하는 선택은 그리 나쁘지 않을 거란다.

사람은 이 세상에 아무렇게나 내던져진 존재이다. 그가 어느 길을 가거나 자유이다. 그러나 그 선택에 책임을 져야 한다. – J. P. 사르트르

PLUS TIP

선택의 원칙을 지키는 것은 결국 네가 삶에서 무엇을 중요하게 생각하는지 보여 줄 거야.

최악의 상황에 대비해라!

예전에는 수첩에 빼곡하게 아는 사람들의 이름과 연락처, 주소, 생일 등을 적어 놓곤 했는데 요즘은 대부분 그것을 휴대 전화에 보관하며 살지. 기술이 발달되어 중요한 정보는 아예 통신사 데이터베이스에 저장을 해 두어서 휴대 전화를 분실한다 해도 그 정보를 그대로 이용할 수 있는 세상까지 되었어. 사람들은 언제나 발생할 수 있는 최악의 상황을 고려해서 어떤 기술들을 발전시켜 나간단다. 개인의 삶도 마찬가지야. 자신이 처할 수 있는 가장 최악의 상황을 대비하면서 살아야 해.

전에 아빠는 엄마에게 'SOS 연락처'를 만들어 준 적이 있단다. 그건 만일에 아빠가 의식 불명이 되거나 신변에 문제가 생기면 아빠 주변의 누구에게 연락해야 하는지 정리해 놓은 거야. 가족, 직장, 친구에게 어떻게 연락을 취해야 하는지 그 방법과 연락처 등을 상세히 적어 놓았지. 그때 엄마는 아직 죽을 때도 되지 않았는데 이런 걸 주느냐고 투덜댔지만 아빠는 만약의 경우를 대비해야 정작 문제가 생겼을 때 당황하지 않고 일을 처리할 수 있다고 믿는다.

아빠는 살면서 언제든지 겪을 수 있는 최악의 상황이라고 여기는 것들이 몇 가지 있단다. 그것들을 너도 생각해서 그러한 일이 생겼을 때 대처할 수 있는 준비를 미리 해 두었으면 싶구나.

첫째는 고칠 수 없는 병에 걸리거나 갑자기 죽게 되는 경우란다. 물론 그것을 대비해서 사람들은 보험에 들기도 하지. 그런데 보험만큼이나 중요한 것이 자신의 신변에 대한 정리란다. 애플의 창업자 스티브 잡스는 매일 아침 이런 생각을 하며 하루 일과를 정한다고 하더구나. '오늘 내가 만약 죽게 된다면 나는 오늘 무엇을 해야 하는가?'

사람은 언제든 갑자기 큰 병이나 죽음을 맞이할 수 있다는 걸 명심하렴. 그것을 경제적으로 준비하는 것 못지않게 주변에 최대한 피해를 주지 않을 방법도 생각해야 해.

둘째는 교통사고나 화재와 같은 일이란다. 순간에 전 재산을 잃을 수도 있지. 이건 반드시 대비해야 하는 거야.

셋째는 내가 처리하는 업무 가운데 다른 사람이나 재산에 치명적인 손실을 줄 수 있는 것이 있는지 점검하는 거란다. 굳이 운전과 같이 생명을 안전하게 다루어야 하는 직업 말고도 세상의 많은 일은 순간적 실수에 따라 누군가에게 큰 영향을 미칠 수 있어. 그런 일이 발생하면 사람들은 고의든 실수든 엄청난 고통에 시달리게 된단다. 그러니 네가 무슨 일을 하든 너의 업무 가운데 치명적인 상황을 불러일으킬 수 있는 것이 무엇인지 꼭 점검하고 대비책을 세워 두거라.

넷째는 천재지변이나 전쟁과 같은 불가항력의 상황이란다. 이 또한 가능성을 열어 두고 살아야 해. 특히 우리나라의 경우는 주변 국가들과의 관계상 그런 위험이 늘 도사리고 있지.

다섯째는 네가 믿었던 일이나 사람에 의해 입을 수 있는 상처란다. 이것은 예상 밖의 상황이기 때문에 너에게도 충격이 클 거야. 그러니 최악의 일이나 최악의 인간관계가 벌어질 수도 있다는 것을 생각하고 어떤 것들을 결정하렴.

이외에도 많겠지만 적어도 아빠가 말한 상황들에 대해선 최악의 경우를 생각하여 네 마음의 준비, 네 생활의 준비, 네 경제적 준비를 미리미리 해 나가길 바란다.

최상을 기대하라. 그리고 최악의 경우를 대비하라. – E. E. 커밍스

PLUS TIP

어떤 일이건 준비한 만큼 해낼 수 있단다. 어렵더라도 많은 경우를 가정하고 준비할 수 있길 바란다.

49

죽을 때까지 함께할 수 있는 벗을 사귀어라!

백아절현(伯牙絕絃)이란 말을 들어 보았니? 백아라는 사람이 거문고 줄을 끊었다는 의미로, 절친한 친구의 죽음을 슬퍼하는 것을 뜻해.

옛날 중국의 춘추 전국 시대에 거문고 연주를 잘하는 백아라는 사람이 있었단다. 이 사람에게는 자기의 연주를 깊이 이해하는 아주 가까운 친구가 있었지. 종자기라는 사람인데 백아가 높은 산의 느낌을 연주하면 "태산처럼 웅장하구나." 하고, 강의 느낌을 연주하면 "도도히 흐르는 황허 강의 흐름 같구나."라고 바로 말할 정도로 백아의 음악 세계를 잘 알아주었단다. 그런데 종자기가 갑자기 병을 얻어 세상을 떠나게 되자, 백아는 자신의 음악 세계를 알아준 친구의 죽음을 슬퍼한 나머지 자신의 분신과도 같았던 거문고의 줄을 끊어 버려. 그리고 죽을 때까지 거문고를 타지 않았다고 해.

친구의 모든 것을 알아주는 친구. 그 친구의 죽음을 자신의 소중한 것을 접어 가며 슬퍼할 수 있는 친구. 그런 친구가 있다면 이 세상은 외롭지 않겠지.

아빠에게도 그런 소중한 친구들이 있단다. 우리는 중, 고등학교 학창 시절을 함께했기 때문에 서로에 대해 잘 알고 있지. 가정에 무슨 문제가 있는지, 또 어떤 아픔을 겪으며 성장했는지 서로를 잘 이해하고 있단다. 그런 친구들이 뜻을 모아 대학 시절 모임 하나를 만들었어. '벼리.' 벼리는 여러 뜻이 있지. 그물의 위쪽 코를 꿰어 놓은 줄을 뜻하기도 하고 어떤 일의 뼈대를 뜻하기도 한단다. 그리고 곡식의 낟알을 일컫기도 해.

그런데 우리들이 사용한 의미는 서양의 밀알과 같은 의미였어. '내 한 몸바쳐 갈 길 밝히리라.' 우리는 벼리를 통해 우리가 사는 지역의 어려운 청소년들을 위한 야학과 같은 다양한 활동을 꿈꾸었단다. 우리가 그렇게 할 수 있었던 것은 서로에 대해 깊은 이해와 신뢰가 있었고, 또 교육이라는 공통의 관심이 있었기 때문이었어. 지금도 아빠의 벼리 친구들은 아빠에게 가장 소중한 벗들로 자리해 있단다.

그런데 아빠가 벼리 친구들을 얻기까지 깨달은 것이 있어. 진정한 벗이 된다는 건 첫째는 자신의 치부를 비롯해서 자신의 모든 것을 다 드러내도 마음이 편한 것, 둘째는 소중히 여기는 자신의 것을 아무런 조건없이 내놓을 수 있는 것, 셋째는 어떤 상황에서도 신뢰를 보내는 것, 넷째는 항상 마음에 그리움으로 갖고 사는 것, 다섯째는 오랫동안 보지 못해도 한결 같은 것, 여섯째는 서로의 긴 미래까지 생각하며 사는 것. 이 여섯 가지가 가능해진다는 거란다.

하지만 이런 벗을 얻는 것이 쉽지 않은 게 현실이야. 만약 네게 그런 친구로 살길 바라는 벗이 나타난다면 조금씩 네 마음부터 열어 보렴. 너의 부족함과 너의 약함을 드러내도 불편하지 않고 오히려 큰 위로가 된다면 서서히 죽을 때까지 함께할 수 있는 벗이 되기 위해 노력해 봐. 그런 벗은 한 명으로도 충분하단다.

현명한 친구는 보물처럼 다루어라. 인생에서 만나는 많은 사람들의 호의보다 한 사람의 친구로부터 받는 이해심이 더욱 유익하다.

– 발타자르 그라시안

PLUS TIP

사실 사회생활을 하면서 평생의 벗을 얻기는 더욱 어렵단다. 사회라는 것이 이해관계로 얽혀 있기 때문이야. 우선은 네 어린 시절, 네 학창 시절을 함께했던 벗을 중심으로 생각해 보렴. 어쩌면 아주 가까이에 그 친구가 먼저 다가와 있을 지도 모른단다.

자연에서 삶의 가치를 배워라!

❶ 개인의 가치

과학이라는 것은 자연의 법칙을 발견해 나가는 숨바꼭질과도 같은 것이지. 그만큼 자연은 아주 조금씩, 아주 다른 모습으로 자연의 원리와 원칙을 우리 인간에게 보여 준단다. 그 가운데 하나가 동식물에게서 배울 수 있는 삶의 가치야. 한동안 아빠는 그것에 심취해 있었고, 가치 별로 정리해 나갔단다. 그것을 이제 너에게도 전해 주마. 우선은 개인이 지니고 살아야 할 삶의 가치들이야.

★ 지혜 – 침팬지 : 개미를 잡을 때는 구멍이 난 가지를 이용해 빨아들인단다. 호두와 같은 딱딱한 껍질은 무거운 것으로 내리쳐 깨서 먹지. 그리고 나쁜 병균이 몸에 들어왔다고 생각이 들면 이를 치료하는 나뭇잎을 찾아내 먹는단다.

★ 극복 – 바닷말 : 얼음 속에 갇히면 조금씩 열을 내 얼음에 구멍을 낸단다. 그리고 바다로부터 영양분을 끌어들여 생명을 유지해 나가는 거야.

★ 노력 – 새끼 오리 : 새끼 오리는 날 수 없지만 큰 물고기가 자신을 잡아 먹으려 하면 발을 힘차게 굴러 수면 위를 달린단다. 그만큼의 노력을 하는 것이지.

★ 영리함 – 오리너구리 : 먹이가 되는 새우를 잡기 위해 새우가 있음직한 주변을 부리로 쪼아 본단다. 꿈쩍거리면서 물살이 흔들리면 그 위치를 확인해서 새우를 잡아. 오리너구리의 영리함이 돋보이는 모습이지.

★ 기다림 – 곰 : 겨울잠을 자는 곰은 극도로 에너지 소비를 자제하면서 긴 기다림의 시간을 보낸단다. 주로 자식을 밴 상태에서 자기의 단백질을 분해하여 태아에게 먹이고 봄날을 기다리는 거야.

★ 절제 – 다람쥐 : 다람쥐의 먹이가 되는 도토리와 소나무 씨를 다람쥐는 가을에 다 줍지 않는단다. 다음을 위해 남겨 두고 그것들은 거름이 되어 숲의 나무를 더욱 울창하게 만들지.

★ 희망 – 제비갈매기 : 남극과 북극을 이동하는 제비갈매기는 세계에서 가장 긴 거리를 이동하는 동물이란다. 낮에는 태양을, 밤에는 별자리를, 날이 흐릴 때는 지구 자기장에 의지해 자신의 이동 목적지까지 희망을 놓치지 않고 이동하는 거야.

★ 인내 – 펭귄과 거북 : 펭귄은 혹독한 추위를 견디며 일부러 비탈길에 번식을 한단다. 10일 정도 아무것도 먹지 않은 채 암컷과 수컷이 번갈아 가며 새끼를 부화시키지. 거북도 마찬가지 인내를 가지고 있어. 자신의 몸

을 스스로 죽기 직전의 상태로 만들어 산소 없이 3개월간이나 생존할 수 있단다.

★그리움 – 개구리 : 개구리는 친구와 친척들을 만나기 위해 봄이 되면 자기들이 태어난 연못으로 냄새를 기억해서 돌아온단다.

★시간 – 콩, 박쥐, 파리 : 콩은 낮에는 잎을 활짝 펴서 열을 받아들이고 밤이면 오무려서 열을 간직한단다. 박쥐는 정확하게 낮과 밤을 인지하고, 파리는 새벽에 번데기에서 빠져나와 다른 천적들이 활동하기 전 날아가지. 정확한 시간 개념을 가지고 있는 거야.

대지를 보살피는 방법을 아는 사람이 없을 때, 자연은 생태계의 균형을 잃어버리게 된다. – 인디언 격언

PLUS TIP

동식물의 모습을 보면 때때로 인간보다 지혜롭다는 생각이 든단다.

자연에서 삶의 가치를 배워라!

❷ 타인과의 가치

자연에서 배울 수 있는 두 번째 삶의 가치는 타인과의 관계 속에서 간직해야 할 가치들이란다. 물론 남을 배려하고 예의를 갖추는 것 등도 중요하지만 사실 아빠가 가장 중요하게 생각하는 것은 희생이란다. 자신이 아닌 남을 위해 희생할 수 있는 사람은 결코 헛된 삶이 아닐 테니까 말이야.

★ 희생 – 다람쥐와 원숭이 : 이 동물들은 적이 나타나면 소리를 내어 다른 동물들에게 그 위험을 알린단다. 사실 이는 자신을 위험하게 만드는 행동이지만 다른 동물들은 적을 피할 수 있단다. 희생의 본능이 없이는 불가능한 행동이야.

★ 정성 – 흡혈박쥐 : 생김새와는 다르게 흡혈박쥐는 몸이 약한 동료를 위해 자신의 먹이를 토해내서 살 수 있도록 정성을 다한단다.

★ 예의 – 고양이 : 주인을 잘 따르는 것으로 유명한 고양이는 사실 예의

도 바르단다. 어른 고양이가 나타나면 몸을 뒤집어 눕고 몸을 구부려 꼼짝
하지 않고 인사를 해.

★ 배려 - 코끼리 : 냄새를 통해 서로를 알아보는 코끼리는 부상당한 동료
가 있으면 두 코끼리가 코를 서로 끼어서 부축하듯 안전한 곳으로 옮긴단
다. 그리고 무리 중 하나가 죽으면 나뭇가지 아래에 묻어 주는 것도 잊지
않아. 염려하고 마음을 쓰는 코끼리의 배려가 인상적이지.

★ 질서 - 박새와 기러기 : 박새는 특정 지역에 흩어져 먹이를 먹다가 무
리 중 한 마리가 하늘로 올라 찍찍거리면 모두가 먹는 것을 중단하고 다음
장소로 이동한단다. 기러기 또한 멀고 먼 이동을 할 때는 언제나 서열을
맞추어 이동을 하지.

★ 자식 사랑 - 순록과 연어 : 이 동물들은 자식을 낳기 위해 먼 곳을 이동
해. 가장 큰 이유는 먹이야. 자식이 태어났을 때 먹을 것이 풍부한 곳으로
엄청난 길을 이동하지. 지극한 자식 사랑을 보여 주는 동물들이란다.

★ 동료 사랑 - 도롱뇽 : 서로를 잡아먹는 도롱뇽일지라도 자신의 동료나
친척만큼은 잡아먹지 않는단다.

★ 인정 - 카멜레온 : 카멜레온은 상대 카멜레온보다 화려한 색으로 힘을
과시하지. 그런데 진 쪽은 그것을 인정하고 자리를 떠난단다.

★ 협력 - 말미잘과 흰동가리 : 말미잘은 적으로부터 흰동가리를 보호해
주고, 흰동가리는 먹이를 유인해 말미잘에게 제공한단다. 서로 돕고 사는

것이지.

★우정 - 벌새 : 제자리를 날면서 꽃의 꿀을 빨아먹는 벌새는 적정 양만을 소유한단다. 또 꿀의 양이 많이 나는 꽃들을 소유하면 다른 벌새를 위해 자신의 영역을 줄이기도 하지.

단 한 사람에게서도 사랑을 받지 못하는 것은 커다란 고통이다. 아무도 사랑하지 못하는 것은 삶 속의 죽음이다. - 라아크스너

PLUS TIP

우리나라의 민족사관고등학교와 같은 역할을 하는 미국의 필립스아카데미의 교훈은 'Not for self.'란다. 나 자신만을 위한 삶이 아니라 다른 삶을 살라는 것이지.

52

자연에서 삶의 가치를 배워라!

❸ 문제 해결의 가치

살다 보면 일상생활 속에서 여러 가지 문제에 부딪치게 된단다. 그런데 그 해결 과정을 보면 의외로 공통된 가치들이 눈에 뜨이지. 누가 봐도 공평하고, 적절하게 그 역할과 책임들을 나눈다면 많은 문제가 실타래처럼 편안하게 풀린단다. 그런 문제 해결의 가치들도 자연에서 배울 수가 있어.

★ 공유 – 일벌 : 일벌들이 들판에 나가 사방으로 흩어져 꽃밭을 찾을 때, 꽃이 많은 곳을 발견하게 되면 특유의 춤으로 다른 일벌들을 모이게 한단다. 서로 공유하는 것이지.

★ 평등 – 개 : 한 번에 많은 새끼를 낳는 개는 새끼들의 냄새를 모두 기억한단다. 먹은 순서와 위치를 파악해서 모든 새끼들에게 공평히 젖을 물려 주지.

★ 역할 – 돌고래 : 무리를 지어 다니는 돌고래는 만약 상대 무리에게 암

컷을 뺏기게 되면 암컷을 구출하기 위해 추격하는 돌고래, 엄호하는 돌고래, 공격하는 돌고래로 나뉘어 구해 낸단다. 각자의 역할을 맡는 것이지.

★준비 – 개미 : 사막의 작열하는 태양 아래서 식물의 씨를 지하에 저장하여 건기를 견딜 준비를 하지. 미리 상황을 예측해 필요한 것을 갖추는 거야.

★영원 – 쇠똥구리 : 초식 동물이 풀을 먹고 똥을 싼 것을 먹이와 주거지로 쓰는 쇠똥구리는 다시 그 똥을 통해 식물이 자라도록 도와주는 역할을 담당한단다. 생태계가 영원하도록 돕는 거야.

★약속 – 마나킨새 : 암컷을 유인하기 위해 두 수컷이 서로 힘을 합쳐 춤을 춘단다. 암컷의 선택을 받은 수컷은 암컷과 짝짓기를 하지만 선택받지 못한 수컷은 싸움 없이 조용히 물러가지. 서로 룰을 지키는 거야.

★충성 – 꿀벌 : 여왕벌을 위해 먹이에서부터 자신의 생명까지 모두 바치는 것이 바로 일벌들이란다.

★동기 – 떡갈나무 : 쥐의 수가 적으면 도토리를 많이 생산하여 그 수를 늘려 준단다. 그런데 이런 행위를 하는 기본적인 동기는 도토리가 남겨서 다시 떡갈나무로 자라게 하려는 데 있어.

★적응 – 선인장 : 선인장은 사막에서 살아남기 위해 다양한 적응 능력을 가지고 있단다. 주름의 구조는 물을 많이 저장하기 위해서이고, 동그란 모양은 햇볕을 막아 일부 줄기의 그늘 역할을 하기 위함이지. 또 잎 없이 모

두 줄기로 이루어진 이유는 증발을 막기 위해서이고 가시가 있는 건 동물들이 먹으려고 잘라도 가시로 인해 보호가 되어 다시 다른 곳에서 성장할 수 있도록 적응한 것이란다.

★책임 - 토마토나무 : 어느 한 부분이 상처를 입으면 다른 잎이나 가지로 위험하다는 전기 신호를 보낸단다. 이로써 다른 나무들이 위기가 닥쳤음을 알게 되는 거야.

도전하지 않으면 성공했는지 아닌지조차 알 수가 없다. - 필 나이트

PLUS TIP

　　　　적어도, 적어도 말이다. 사람이 배울 수 있는 방법은 꼭 사람에게서만은 아니란 사실을 기억하렴.

대한민국의 가능성을 찾거라!

아동 심리를 공부하면서 아빠가 놀랐던 것 중의 하나는 조선 시대에 쓰여진 《태교신기》라는 책이란다. 1800년경 당시 문장가였던 사주당 이씨가 태교에 관하여 쓴 책이지.

오늘날 우리는 태교의 중요성을 인식하고 과학적으로도 그것을 증명하여 보다 교육적인 태교를 하기 위해 노력하고 있단다. 하지만 이미 200년 전 우리 조상은 그 중요성을 알고 태교를 체계적으로 정리해 놓았지. 이것은 우리나라뿐만 아니라 세계에서도 그 유래를 찾아볼 수 없을 만큼 대단한 것이란다.

아빠는 이러한 대한민국의 잠재적 가능성을 믿어. 우리나라 최초의 우주인 이소연 씨가 얼마 전 우주 공간에서 실험하고 오기도 했지만 사실 5,000년 전의 고조선 고인돌을 살펴보면 이미 그 당시 우리 조상은 별자리를 관측하여 돌에 새겨 넣었던 민족이란다. 올림픽 양궁, 사격 등의 종목에서 세계를 석권하며 자랑스럽게 태극기 휘날리는 모습을 전 세계에 내보낼 수 있는 것도 우리 민족이 예로부터 '활을 잘 쏘는 민족'으로 그 피를 이어받았기 때문인지도 몰라. 세계기능올림픽에서 10회가 넘게 우승하고, 독일의 라인 강 기적을 능가하는 한강의 기적을 만들어 낸 우리 대한민국. 그 잠재적 가능성으로 다양한 분야에서 예전의 영광을 되찾으리라 아빠는 확신해.

네가 살아갈 21세기에 우리 민족이 얼마나 대단한 피를 이어받았는지 몇 가지만 말해 줄게.

우리 옛 고어 중에 '아스'라는 말이 있단다. 이 말의 뜻은 '하나' 또는 '처음', '시작'을 뜻하는 순우리말이지. 그런데 이 말을 똑같이 사용한 민족이 있었어. 바로 인류 최초의 문명을 만들어 낸 수메르 인들이지. 이들은 메소포타미아 지방에서 도시를 세우고 최초의 문명을 이룩하게 되는데, 수메르라는 말은 '검은 머리'를 뜻해. 원래 그 지방에 살던 민족이 아니라 북쪽으로부터 내려온 민족이지. 이들이 우리말의 '아스'란 말로 숫자 '1'을 표현한 거야. 어쩌면 우리 민족은 인류 최초의 문명을 이룩한 그 민족과 같은 혈통일지도 몰라.

그리고 고조선의 건국 과정을 보면 다른 민족들이 정착했던 것과는 정반대의 상황이 펼쳐진단다. 역사적으로 많은 민족은 자신의 나라를 세우기 위해 기존에 있던 정착 민족을 힘으로 제압하고 그들을 종으로 삼거나 민족 자체를 말살했단다. 하지만 고조선은 달랐어. 단군 신화에서 보듯 곰을 신봉하는 정착 부족과 결합함으로써 새로운 화합의 나라를 세웠던 거야.

위기의 순간 우리가 어떤 민족적 저력을 보여 주었는지 잘 살펴보렴. 물산장려운동을 펼치고, 장롱 속의 금을 모으고, 전쟁 때마다 의병이 일어났었지. 이러한 민족성을 이어가는 것이 바로 우리 대한민국이야.

아마 네 안에도 그런 피가 살아 있을 거야. 대한민국의 가능성을 믿고 그 가능성들을 또 새롭게 발굴하고 찾아내는 당당한 대한의 딸이 되었으면 싶다. 대한민국의 가능성은 곳곳에서 발견할 수 있다는 걸 명심하렴.

PLUS TIP

반도체 제수출국의 명예 속에는 젓가락을 잘 사용했던 민족성이 있다고들 한단다. 아주 작고 세밀한 것을 다루는 데 능숙하다는 거야. 우리가 너무 익숙해서 잘 발견하지 못하는 우리의 모습 속에서 우리의 잠재적 가능성들은 계속 세계로 나아가기 위해 꿈틀거리고 있어.

미술과 그 화가를 사랑해라!

아빠가 아는 한 병원장은 의사 생활을 하면서도 미술에 대한 열정을 그대로 유지한단다. 본인 소유의 화랑을 가지고 있을 만큼 미술 사랑이 대단하지. 아빠가 그 이유를 물었더니 "미술 작품 속에 있는 화가의 마음이 간절하게 느껴져서."라고 하더구나. 그러고 보니 그 병원장이 평소 다른 사람의 감정을 잘 읽는다는 생각이 들었어.

세계 영화의 거장 중 한 사람이었던 존 휴스턴. 그는 1941년 〈말타의 매〉로 데뷔한 이래 아카데미, 골든글러브, 베니스 영화제 등에서 각종 상을 휩쓴 영화감독이란다. 그의 딸 안젤리카 휴스턴도 배우의 삶을 살아가고 있고 말이야. 그런데 안젤리카가 어렸을 때 식탁에서 이런 일이 있었대.

"아빠, 난 고흐의 그림이 너무 싫어요!"

이야기를 듣던 존 휴스턴은 고흐에 대해 얼마나 알고 있는지를 물었고, 그를 싫어하는 이유를 물었단다. 대답을 잘 하지 못한 안젤리카에게 이렇게 말해 주었지.

"상대방을 잘 모르면서 그 사람에 대해 함부로 말해서도, 함부로 판단해서도 안 된단다."

사실 고흐는 불행했던 화가로 잘 알려져 있지. 그런데 아빠 생각은 조금 다르단다.

6남매 중 첫째였던 고흐. 그러나 고흐에겐 딱 1년 전에 태어난 형이 있었어. 그 형은 태어날 때 이미 죽어 있었지. 그 형에 대한 죽음으로 늘 가슴에 상처를 가지고 있었던 부모님은 고흐에게 한없는 애정을 쏟을 수 없었단다.

그 후 부모님은 많은 자식을 두었으나 언제나 죽은 아이 생각으로 가슴 아파했어. 그 모습을 지켜보며 마땅히 받아야 할 부모 사랑조차 제대로 받지 못한 고흐는 어린 시절을 그렇게 우울하고 어둡게 보내게 된단다.

그런데 고흐의 생각은 어떠했을까? 훗날 고흐가 동생 테오에게 한 고백을 보면 그는 부모님의 아픔을 가슴으로 받아들이고 그런 부모님을 때로는 불쌍하게, 때로는 진정 사랑하는 마음으로 감싸 안았어. 부모를 용서했던 고흐, 그는 불행한 사람이었을까?

고흐는 누구보다 사랑하길 원했던 사람이야. 그러나 그의 사랑은 20살 때의 첫사랑부터 실패하고 말았지. 하숙집 딸에게서의 거절, 사촌에게서의 거절, 가족들의 반대로 이루지 못한 사랑, 그리고 31살의 마지막 사랑까지도 고흐는 성공하지 못했단다. 끝끝내 자신의 사랑을 이루지 못했던 고흐. 그는 정말 불행한 사람처럼 보이지. 그런데 고흐는 그 누구에게도 사랑의 실패에 대해 화살을 돌리지 않았단다. 그들을 위해 오히려 멀리 물러나 주었어. 진정한 사랑의 실패는 자신의 감정으로 상대를 힘들게 하는 건 아닐까? 오히려 자신이 사랑한 사람들의 행복을 빌어 주었던 사랑의 실패자 고흐. 그가 진정 불쌍한 사람이었다고 생각하니?

20대 후반에 들어 마침내 고흐는 다시 자신의 꿈을 찾는단다. 그것은 바로 화가의 길이지. 그런데 미술 교육을 제대로 받지 않은 고흐가 그림을 그린다는 것은 여간 어려운 일이 아니었어.

고흐는 자신의 꿈을 향해 어떻게 나아갔을까? 바로 책이란다. 학생들이 보는 그림 참고서를 보며 열심히 따라 하고 자신 나름대로 그림 세계를 펼쳐 나갔어. 우리가 아는 고흐의 그림들은 그렇게 열정을 지닌 한 연습 벌레에 의해 이루어진 역사라고 말할 수 있지. 주어진 상황에 굴하지 않고 오로지 자신의 꿈을 향해 열정을 쏟았던 고흐가 정말 불쌍한 사람이었을까?

미술 작품과 그 작가를 사랑해 보렴. 그러면 남들이 볼 수 없었던, 남들이 느끼지 못했던 또 다른 삶의 흔적들을 찾게 될 거야.

화가는 그림을 손으로 그리는 것이 아니라 눈으로 그린다.

– 모리스 그로세

PLUS TIP

좋아하는 음악처럼, 좋아하는 그림, 좋아하는 화가를 만들어 보렴.

진정한 엄마가 될 수 있는 마음을 배워라!

엄마가 된다는 것이 아직은 멀게만 느껴지겠지만, 그 또한 네 삶 속에서 가장 중요한 일 중 하나가 될 거야. 네가 결혼을 하든 하지 않든 네가 직접 자식을 낳든 그렇지 않든 아빠는 네가 입양을 해서라도 누군가의 엄마로 살아가길 바란다. 자식을 키우는 것만큼 신이 인간에게 준 축복은 없다고 아빠는 여기거든. 그렇다면 진정한 엄마가 될 준비가 필요하겠지? 아빠 생각엔 그 출발이 자식을 대하는 마음부터 갖추어야 한다는 생각이 드는구나.

한 농부가 있어. 이 농부는 자신에게 생명과도 같은 씨앗을 뿌리려고 하지. 그럼 농부는 어떤 곳에 씨를 뿌리려 할까? 사람들이 밟고 다니는 길가에 뿌릴까? 아니면 돌덩이가 무성한 돌밭에 뿌릴까? 그것도 아니면 가시덩굴이 우거진 가시밭에 뿌릴까? 아마도 농부는 씨앗이 잘 자랄 수 있는 영양분이 넉넉한 좋은 땅을 고르려 하지 않겠니? 자식을 키우는 것도 이러한 과정과 똑같은 것 같다.

아빠가 네게 해 주고 싶은 말은 - 아빠나 엄마가 정작 너에게 그렇게 해 주었는지는 잘 모르겠지만, 최선을 다했다고는 생각한다 - 이 말이야. "옳은 것을 먼저 깨닫고, 착하고 좋은 마음으로 먼저 변화하여 인내로서 자녀를 대하거라."

★ 옳다라고 하는 것은 그 씨앗을 그대로 인정하는 거야. 어떤 씨앗은 과일의 씨앗일 수 있고, 또 어떤 씨앗은 곡식의 씨앗일 수 있어. 어떤 경우엔 꽃이기도 하고, 또 어떤 경우엔 그저 이름 모를 풀일 수도 있지. 그 씨앗의 존재를 그대로 인정하지 않는다면 옳은 것이 아니란다. 무엇보다 자녀를 있는 그대로 인정하고 기쁘게 여기는 마음이 있어야 자녀를 바르게 양육할 수 있다고 아빠는 믿는다.

★ 깨닫는다라고 하는 것은 그 씨앗에 알맞은 환경을 어떻게 제공해야 하는지 알게 되는 거야. 씨앗에 따라 많은 물과 햇살이 필요한 것이 있고 때로는 척박한 환경이나 그늘이 맞을 수도 있지. 씨앗을 인정했다면 그 씨앗이 잘 자랄 수 있도록 어떤 환경을 제공하는 것이 맞는지 깨달아야 한단다. 네게 주어지는 생명에게 맞는 환경을 제공하고자 하는 마음이 필요할 거야.

★ 착하고 좋은 마음은 씨앗을 키우는 농부의 마음과 똑같아. 비가 오나, 햇살이 뜨겁거나, 서리가 내리거나, 눈이 내리거나 농부는 한결같이 그 씨앗에게 충실하지. 자신의 몸이 아프다 하여 씨앗 돌보는 것을 게을리하지도 않아. 그 마음처럼 착하고 좋은 마음은 씨앗을 생각하는 한결 같은 마

음으로 언제나 성실하고 열정을 쏟아 붓는 것이란다. 부모가 귀찮다고 자신의 책임을 다하지 못하면 자녀에게 어떤 희망과 기대도 요구하지 않아야 해. 또한 그 씨앗이 자신이 원하는 모습대로 자라지 못하고 비실비실 대거나 제 모양을 갖추지 않는다 해도 농부가 씨앗을 버리지 않고 오히려 먼저 더 정성을 쏟는 것처럼 착하고 좋은 마음은 기대를 하기 전에 더 해 주어야 할 것을 먼저 생각하는 마음이지.

★ 인내한다는 것은 참으로 윗사람이기에 가능한 도리란다. 자식이 스스로 깨닫고 제 길을 찾을 때까지 부모는 한없는 인내로 기다리고 지켜보아야 할 윗사람이야.

이러한 마음가짐들을 익혀서 진정한 엄마가 될 수 있는 소양을 아이를 키우기 전에 먼저 갖추도록 해라.

자녀를 사랑하는 마음의 반만 떼어 어버이를 섬기면 효자라는 소리를 듣는다. – 제미스

PLUS TIP

신이 잠시 네게 양육을 부탁하는 것이 자식이란다. 부모의 마음을 먼저 꼭 배우거라!

변화를 감지하기 위해 노력해라!

조금씩 흐르던 계곡의 물이 어느 한곳에 모이면 큰 강줄기를 이루며 거세게 나아간단다. 계곡의 적은 물은 몸으로 이겨 낼 수 있지만 강줄기가 되면 맨몸으로는 그 강줄기를 거스를 수 없는 게 자연의 섭리지. 세상 변화도 마찬가지야. 작은 변화의 조짐이 보이다가 어느 순간 개인이 감당할 수 없는 커다란 사회 변화를 만들어 내지. 우리는 그 변화를 트렌드라고 부른단다. 원래 경제학 용어인 트렌드는 장기간에 걸친 변화의 경향을 나타내는 큰 움직임을 의미해. 이러한 변화에 미리 대처하고 적응을 하면 효과적으로 그 변화를 수용하고 또 새로운 기회로 만들 수 있지만, 그 변화에 대처하지 못한다면 결국 사회의 낙오자가 되는 거야.

아빠가 한 기업의 공채 사원으로 들어갔을 때의 일이란다. 신입 사원 교육을 받는데, 한 직장 선배로부터 '사회 변화를 감지하는 방법'에 대한 교육을 받았어. 그 선배가 알려 준 방법 가운데에는 '잡지나 신문에

서 여러 분야에 걸쳐 공통적으로 자주 거론되는 단어를 찾아내는 것',
'개그 프로그램에서 개그맨들이 인용하는 사회 현상에 대해 깊이 알아
보는 것', '정부의 새로운 법안에 대해 살펴보는 것' 등이 있었단다.

그런데 입사 후 얼마 지나지 않아 그 선배는 경영 기획실에서 계열
회사로 이동했어. 그곳은 음료를 만드는 회사로 경영난에 시달리던 곳
이었지. 사실 우리나라의 음료 시장은 상당히 폐쇄적이라 신규 업체가
진입하기 대단히 어렵단다. 그곳에서 새로운 음료를 개발하던 그 선배
는 대추 음료라는 것을 내놓게 돼. 그런데 엄청난 반대에 부딪쳤단다.
우리나라 정서상 대추는 차로 마시는 것이지 누가 음료수로 사 먹겠냐
는 것이었어. 하지만 선배는 주장을 굽히지 않았지. 이유는 바로 변화
였어. 사회에는 '건강' 을 최우선으로 생각하는 소비자의 욕구가 등장
했고, 그 변화는 곧 전 업종에 미칠 것이란 것이지.

모두가 반대했던 그 일은 결국 선배의 주장대로 시판에 들어갔고, 당
시 엄청난 성공을 거두게 된단다. 만약 선배가 변화에 대해 무관심하
고, 기존의 방향대로 톡 쏘는 시원한 느낌의 청량 음료만을 최고의 것
으로 생각했다면 그 성공은 없었을 거야. 그 후에도 그 선배는 몇 차례
의 대성공을 이어가며 젊은 나이에 사장의 자리에 오르게 된단다.

아빠에게도 이와 비슷한 경험이 있지. 한때 외국 캐릭터들의 그림책
이 선풍적 인기를 끈 적이 있었단다. 아빠도 새로 도입할 외국의 캐릭

터를 조사하게 되었어. 그런데 캐릭터들로 만들어진 그림책이 하나의 트렌드였듯, 이 트렌드에 변화가 있다는 것을 감지했단다. 전통적으로 캐릭터는 디즈니랜드사의 만화와 같은 캐릭터가 중심이었는데, 조금은 독특하고 우스꽝스러운 캐릭터들이 외국에서 붐을 일으키고 있는 거야. 그 변화의 중심엔 '개성'과 '독창성'이란 단어가 숨어 있었지. 과연 그런 이색적인 캐릭터들이 우리나라 시장에서도 인기를 끌 것인가에 대해 의견이 분분했지만 아빠는 확신했어. 우리 사회 곳곳에서 불어오는 개성 시대의 서막을 말이야. 결국 몇 년 지나지 않아 전통적인 캐릭터와 개성 만점의 신 캐릭터의 시장 규모는 완전히 뒤바뀌었지.

분명 사회는 변한단다. 그 변화의 바람을 느끼지 못한다면 결국 남의 뒤만 졸졸 따라다니다 끝나고 말 거야. 앞선다는 것은 앞에 일어날 변화에 대해 잘 알고 있다는 것과도 상통해. 아빠는 네가 변화에 민감한 창의적인 사람이 되었으면 좋겠구나.

PLUS TIP

변화를 예측하는 사람 위에는 변화를 창조하는 사람도 사실 있단다.

그림자놀이를 해봐라!

그림자놀이를 아니? 손이나 인형 등을 불빛에 비추어서 벽에 그림자를 만드는 놀이 말이야. 그런데 아빠가 이야기하는 그림자놀이는 좀 다른 거야. 그림자처럼 사람을 쫓아다니는 놀이를 말하는 것이지.

어떤 직업이나 진로에 대해 교육을 할 때 쓰는 가장 효과적인 프로그램에 쉐도잉 프로그램(Shadowing Program)이란 것이 있단다. 예를 들어 자신의 꿈이 의사라면 실제 의사의 옆에서 하루 종일 따라다니며 지켜보는 거지. 그림자처럼 아무 말 없이 그저 지켜보는 거란다. 그렇게 하루를 지내다 보면 막연하게 생각했던 의사란 직업에 대해 구체적인 정보를 얻게 되는 거야. 어떤 일을 하는지, 누굴 만나서 무엇을 하는지, 어디에서 생활의 재미를 찾는지, 무엇이 필요한 기술인지 등을 말 없이 배우게 되는 것이지.

이건 비단 진로 교육에만 적용되는 건 아니란다. 네가 하고 싶은 취미, 네가 하고자 하는 일, 네가 관심을 가지게 된 사람 등에 모두 적용할 수 있단다. 예를 들어 네가 전통찻집에 대해 관심을 가지게 되었다고 해보자. 물론 책을 통해서도 정보를 얻을 수 있지만 제일 좋은 방법은 전통찻집에 직접 가 보는 거란다. 그런데 잠시 손님처럼 차를 시켜 둘러보는 것으로 끝내선 안 돼. 그럼 아주 일부분만 보고 오게 될 테니까 말이야.

우선 전통차에 대해서 알아보는 거야. 사실 아는 것만큼 보이는 법이거든. 그다음 너의 모델이 될 만한 전통찻집을 알아보는 거지. 그리고 그곳에 가서 그림자놀이를 하면 된단다. 그냥 하루 종일 그 찻집 안에서 일어나는 모든 일상을 지켜보는 거야. 그러다 보면 여러 상황 속에서 네가 미처 생각하지 못했던 것들을 알게 돼. 그러한 과정이 너의 판단을 올바르게 할 수 있도록 돕는단다.

아빠의 그림자놀이는 해외 도서전에서 시작되었어. 좋은 책을 잘 고르기로 유명한 선배에게 부탁을 해서 도서전 기간 중 하루 동안 그 선배를 졸졸 따라다녔지. 어디를 보는지, 책에서 무엇을 살피는지, 누구를 만나고, 어떤 경로로 이동하는지, 휴식 시간에는 무엇을 하는지 그냥 지켜만 보았단다. 그랬더니 그다음 해외 도서전에 가서는 너무나 수월하게 아빠의 목적을 달성할 수 있었어. 그것이 바로 그림자놀이의 장점이야.

제과 제빵 기술을 배울 때도 그랬어. 생각한 바가 있어 한동안 아빠는 제과 제빵을 배웠지. 그렇지만 젊은 사람들처럼 빨리 익힐 수가 없더구나. 그래서 하루는 시간을 내어 아주 솜씨가 좋다는 제과제빵사를 찾아가 그림자놀이를 했단다. 그러면서 알게 된 사실이 하나 있어! 그런 기술자도 레시피라고 해서 만드는 전 과정을 상세히 기록한 종이를 수시로 보면서 과자와 빵을 만든다는 거야. 창조적인 방법들을 구상할 때 별도로 메모를 해서 그 맛과 향이 더 좋으면 레시피를 수정하면서 말이야. 네가 해보면 해볼수록 이 그림자 놀이의 매력에 푹 빠질 거라 아빠는 확신한단다.

PLUS TIP

그림자놀이가 익숙해지면 그다음 단계가 그대로 따라해 보는 단계란다. 그 과정 속에서 자신의 성향과 능력, 관심의 깊이를 확인하게 되지.

연상 기법을 활용해라!

학창 시절 아빠의 노트를 보면 파란색 볼펜으로 수업과 전혀 무관한 단어들이 쭉 적혀 있었단다. 그건 수업 시간에 그 내용을 배울 때 선생님이 농담처럼 했던 이야기의 주요 단어를 적은 것이지. 그런데 이것이 시험을 볼 때 아주 효과적인 공부를 할 수 있게 도와주었단다. 일종의 연상 기법이 된 셈이지.

예를 들어 지금도 기억나는 것 중 하나가 중세 사회의 봉건 제도에 대해서 배운 내용 옆에 '뚱돼지'라 적은 거야. 봉건 제도의 핵심 내용 중의 하나는 영주와 농노 사이의 주종 관계인데 이 내용을 설명하면서 선생님은 사모님과 주종 관계라며 "난 언제쯤 뚱돼지한테서 자유로워질까?"라고 한 말에서 적은 단어지. 이게 몇십 년이 지나도 지워지지 않는 것을 보면 연상의 효과라는 게 대단한 것 같구나.

기억을 좋게 만드는 연상 기법 중에서 뇌의 기능과 관련된 세 가지 방법을 알려 줄게. 아빠가 말하는 뇌의 기능이라는 건 '신경회로망 이론'에 기초한 것인데, 인간이 오랫동안 기억을 할 수 있도록 만들어 주는 방법이 뇌가 일하는 방법과 같다고 보는 것이지.

첫째는 '시청각 분석'이라는 거야. 우리가 외화를 볼 때 아무리 들리지 않는 영어라 하더라도 눈으로만 보는 것과 소리를 같이 들으며 보는 것은 전혀 달라. 보는 것과 듣는 것이 같이 일어날 때 더 쉽게 기억하는 것이 우리의 뇌란다.

둘째는 '일화 분석'이라는 것이 있어. 이것은 자신이 기억해야 하는 내용들을 하나의 이야기로 꾸미는 것이지. 예를 들어 몇 개의 사건을 순서대로 기억해야 한다면, 그 사건의 핵심 단어를 이어서 이야기를 만드는 거야. 개구리, 뱀, 사자, 부엉이를 순서대로 기억해야 한다고 보자. 그럼 이렇게 가상의 이야기를 만드는 거야. "개구리는 뱀에게 쫓기다 그만 사자에게 잡히고 말았어요. 사자를 귀찮게 하는 부엉이가 아니었다면 정말 큰일날 뻔했지요." 이런 식으로 이야기를 만들면 더 오래 그 순서를 기억할 수 있단다.

셋째는 '통사 분석'이라는 것이 있어. 기억해야 하는 것을 외울 때 자기 주변의 환경과 연관지어 – 환경과 연관되어 있을 때 더 잘 기억한다는 의미도 있어 – 하나의 일을 만드는 것이지. 예를 들어 로봇과 관련된 자료를 암기하다 갑자기 냉장고로 가서 붕어 모양 아이스크림을 먹는 거야. 그럼 나중에 붕어 모양 아이스크림만 봐도 로봇에 대해 암기한 자료가 떠오르게 되는 거지.

이처럼 연상 기법을 활용한다는 것은 효과적으로 기억력을 높이는 방법이란다. 영어 단어를 외울 때 듣고, 따라서 말하고, 손으로 쓰고, 머리로 단어와 관계된 상황을 연상하면 더 쉽게 외워지는 것과도 비슷해. 이러한 연상 기법을 잘 활용해서 네가 필요한 것들을 잘 기억하면서 살았으면 좋겠다.

기억을 증진시키는 가장 좋은 약은 감탄하는 것이다. – 탈무드

PLUS TIP

건망증이 심한 네 엄마의 상황을 보며 너도 약간 걱정되어서 한 마디 더 하마. 모든 것을 머리로만 기억하려고 하지 말고 주변의 것들을 이용하렴. 어떤 물건이 있어야 할 곳에 있지 않으면 '왜 그렇지?' 하고 생각하다가 결국 네가 기억해야 하는 것을 연상해서 기억할 수도 있어. 주변 사물을 잘 이용해 봐. ^*^

가끔은 반대로 살아봐라!

　인간의 공간 능력을 알아보는 방법 중에 '세상이 거꾸로 보이는 안경'을 쓰고 기본적인 신체 동작을 해보는 것이 있어. 사물을 거꾸로 보게 되면 빈 컵에 물을 따르거나 공을 튕겨 농구 골대에 공을 넣는 등 평상시 아주 기본적인 신체 동작들이 쉽지 않게 된단다. 이처럼 가끔 세상을 반대로 살아보면 네가 몰랐던, 또는 네가 익숙하게 생각했던 것들이 다르게 보일 거야.

　어린이 박물관의 장애인 체험 공간을 가 보면 다양한 경험을 해볼 수 있게 해 놓았지. 휠체어를 타고 경사진 언덕을 올라가다 보면 두 발을 딛고 살아가는 것이 얼마나 고마운지 알게 된단다. 또 눈을 가리고 어떤 목적지를 찾아가는 코너에선 새삼 앞을 보고 산다는 것이 얼마나 큰 축복인지도 알게 되지. 가끔은 네 신체의 일부가 없다고 생각하고 일상을 경험해 보렴.

　네가 다녔던 초등학교에 가서 놀이 기구들을 다시 경험해 본 적 있니? 초등학생 때는 높게만 느껴졌던 철봉도 낮게 보이고, 높다란 정글 짐도 네 몸이 자유롭게 빠져나가지 못할 만큼 작게 느껴질 거야. 사람은 그렇게 자라는 정도만큼 세상을 보는 것에도 차이가 생기지. 늘 앉은 자세나 일어선 자세로 보았던 거실의 구석구석도 한번 바닥에 엎드려 찬찬히 둘러보거라. 매일 만나는 일상적인 그 공간 안에서도 넌 예전에 느끼지 못했던 다른 느낌들을 갖게 될 거야.

수줍음이 많아 남들 앞에 잘 나서지 못한다면 일부러 앞에 나가 보는 경험을 해보렴. 한번 막상 용기를 내서 하다 보면 그 또한 별 것이 아니란 생각이 차츰 들 거란다. 말이 많아서 걱정이라면 하루쯤 한 마디도 하지 않고 생활해 보는 거지. 오히려 말을 많이 하는 네가 너답다라는 사실도 다시 느낄 거야. 그럼 말이 많은 것이 전혀 걱정이 안 되겠지.

늘 아파트 정문으로 드나들었다면 어떤 날은 후문으로 다녀 보렴. 네가 사는 곳 근처에 너도 모르는 변화가 있음을 알게 될 거란다. 어두운 색의 옷을 즐겨 입었다면 가끔은 밝은색 옷을 일부러 입어 봐. 너 자신에 대한 느낌, 다른 사람에 대한 시선 등에 대해서 다시 한 번 생각해 볼 수 있는 시간이 될 거야.

어느 휴일 낮에 잠을 실컷 자고 한밤중에 일어나 밤을 새 보렴. 그럼 그 시간의 흐름 속에서 너의 일상이 새롭게 느껴질 거야. 또 때로는 손에서 잘 놓지 않는 휴대 전화를 일부러 꺼 놓고 집에 두고 나가 보는 거야. 그렇게 며칠을 생활하다 보면 네 일상과 생각이 바뀔 수도 있단다.

이처럼 가끔은 네가 살아가는 방법과 다르게 살아보거라. 그만큼 네가 이 세상을 살아가는 동안 알아야 할 것들을 더 많이 알게 될 테니까 말이다.

나는 영적 체험을 하고 있는 육체적 존재가 아니라 육체적 체험을 하고 있는 영적 존재이다. - 떼이야르 샤르뎅

PLUS TIP

다른 사람이 될 수 없다면 다른 사람이 되어 보는 경험이라도 가져 봐야 한단다. 그래야 나와 다름을 이해할 수 있을 테니까 말이야.

오늘은 운수 좋은 날임을 믿어라!

늘 반복되는 일상 속에서 재미를 찾기란 여간 어려운 일이 아니지. 그렇지만 조금이라도 안 좋은 일이 생기면 그날 다른 모든 것도 엉망이 돼 버리는 게 또한 일상이란다. 이 일상이 늘 행운으로 채워질 수는 없을까? 정답은 '가능하다.' 라는 거야.

아빠는 누구보다 기도의 힘을 믿는 사람이란다. 지금껏 간절히 기도한 것은 몇 번 되지 않지만 그 모든 기도는 이루어진 셈이지. 네 엄마와 결혼하게 해 달라고 간절하게 기도했고, 네가 건강히 태어나게 해 달라고 또한 간절하게 기도했어. 작은아버지가 꽃다운 나이에 죽지 않게 해 달라고 간절히 또 기도했단다. 그런데 이런 아빠의 기도와는 다른, 아빠에게 새로운 생각을 갖게 해 준 기도가 있어.

전에 아빠가 장애인 복지관에서 교사로 봉사할 때의 일이란다. 아빠 반에는 자폐아 몇 명이 있었는데 그날 따라 힘든 하루를 보내고 있었어. 제각각 아이들이 말을 듣지 않는 바람에 정신이 혼미해질 정도였지. 그러다 결국 사고가 생겼단다.

한 아이가 늘 손에 쥐고 있던 막대가 있었는데, 다른 아이가 그걸 빼앗은 거야. 화가 난 이 아이는 머리를 벽에 부딪치며 자해를 하기 시작했어. 아빠가 억지로 말렸지만 이미 아이의 머리에선 피가 흘러내리고 있었지. 급하게 병원으로 데려갔는데, 마침 그때 아이의 보호자인 할머니도 도착하셨어. 아이를 살핀 할머니는 복도 의자에 걸터앉아 기도를 하셨단다.

"감사합니다. 이 아이가 이 정도로 다친 것에 감사합니다. 감사합니다. 이 아이가 치료받게 해 주심을 감사합니다……."

할머니는 더 나쁜 상황이 아닌 것에 감사하고 계셨어. 이를 지켜본 아빠는 그날 이후 기도의 방법을 바꾸었단다.

'어떤 순간이든 더 최악의 경우가 아닌 것에 대해 감사하자!'

살면서 아빠 또한 수많은 어려움과 고통을 겪은 게 사실이란다. 그렇지만 늘 아빠는 감사의 기도를 드렸어. 그것이 곧 매일 매일을 운수 좋은 날로 살아가는 아빠의 비법이 되었단다.

오늘 하루를 평온하게 보냈다면 오늘이 운수 좋은 날임을 믿어라! 만약 오늘 하루 힘든 일이 있었다면 더 최악의 상황이 되지 않은 운수 좋은 날임을 믿어라! 그렇게 살다 보면 네 인생의 모든 오늘을 운수 좋은 날로 살게 될 거야.

PLUS TIP

어려서부터 아빠가 할머니에게 들어 온 말 중 하나가 "사람은 위만 보고는 못 산다."라는 것이었어. 자신보다 잘나 보이고, 자신보다 더 가진 것이 많고, 자신보다 더 건강한 사람만 바라보지 말고 자신보다 조금은 모자라는 사람을 도와줄 줄 알고, 자신보다 덜 가진 사람을 도와줄 줄 알고, 자신보다 더 아픈 사람을 위로해 줄 수 있어야 한다고 늘 말씀하셨지. 살아보니 그것이 삶의 지혜더구나. 아빠는 가진 것이 많지만 불행한 사람도 보았고, 가진 것이 없지만 행복한 사람도 봐 왔어. 그들의 차이는 오직 하나야! 자신의 상황을 긍정적으로 보느냐, 아니면 부정적으로 보느냐? 행운도, 행복도 마찬가지란다. 똑같은 상황을 두고도 네 마음에 따라 그것이 '다행이구나!' 생각할 수도 있고, '왜 나만 힘든 거야!'일 수도 있어. 아빠는 네가 아빠보다 더 일찍 그 삶의 지혜를 발견하길 간절히 기도한단다.

자원봉사는
돈을 내고서라도 배워라!

　한 봉사 단체에 강의를 의뢰받고 갔을 때의 일이란다. 먼저 진행된 강의가 아직 끝나지 않아 휴게실에서 대기하고 있었는데, 그때 몇 명의 학부모님들이 나오셨지. 그분들의 주요 대화는 봉사 점수와 시간에 대한 것이었어.

　"OO대학에 들어가려면 기본 봉사 점수로는 안 된대. 시간을 많이 주는 곳을 알아봐야겠어."

　자원봉사가 하나의 필수 통과 과목처럼 변한 현실을 그대로 맞이해야 했지.

　그날 강의에서 아빠가 제일 강조한 것이 자원봉사의 의미란다. 자신이 아닌 남을 위한 봉사에서 자발적 의지는 대단히 중요해. 누군가의 강요에 의해서 봉사를 한다면 그건 진정한 자원봉사가 아니야. 그런데 많은 사람이 자원봉사를 남을 위한 희생이나 일방적 도움을 주는 것이라 여긴단다. 완전히 잘못된 생각을 가지고 있는 거지. 자원봉사는 결코 일방적 관계가 아니야.

아빠가 기업에서 현장 교사를 양성하던 시절, 한 지역의 교사들과 함께 그 지역의 어린이 보호 시설을 연결하여 자원봉사 시스템을 구축하던 때가 있었단다.

교사들은 자신이 잘할 수 있는 일을 나누어서 맡았어. 어떤 교사는 아이들을 가르치고, 어떤 교사는 빨래를, 어떤 교사는 청소를, 또 어떤 교사는 보호 시설의 환경을 예쁘게 꾸미는 일 등을 맡았단다. 그리고 매달 급여에서 자발적으로 일정 금액을 거두어 시설을 방문할 때마다 음식을 준비하거나 필요한 학용품들을 구입하는 데 사용했어.

한참 그 활동이 이어지고 나서 아빠는 교사들과 함께 그동안의 경험에 대해서 이야기를 나누게 되었단다.

그런데 놀라운 사실을 발견했어. 분명 도움을 주기 위해 시작한 일인데, 정작 도움을 받은 것은 자신들이라는 거야.

"돈을 벌기 위해 가르치는 일을 하는 게 많이 힘들었어요. 그런데 이젠 가르칠 수 있는 능력이 있고, 그 능력을 나눠 줄 수 있다는 게 너무나 행복해요."

"빨래나 청소는 제 일이 아니라 엄마 일이라고 생각하면서 살았던 것 같아요. 그런데 이젠 집에서도 엄마랑 같이 청소를 하게 되었어요. 제가 혼자 자란 것이 아니란 걸 알게 되었거든요."

“저는 이렇게 모두 오는 날 말고도 다른 날에 오는 봉사를 시작했어요. 이곳을 다녀가면 저도 한 주가 행복해져요.”

이 교사들의 ‘삶의 질’이 바뀌고 있었던 거야. 단순히 도움만 주는 것이 아니라 그런 과정을 통해 ‘행복함’이라는 커다란 보상을 받은 거지. 이처럼 자원봉사는 자신을 재발견하게 되고, 자신의 삶을 보다 행복하게 만들어 줘. 그런 맛을 느껴야 진정한 자원봉사란다.

아빠는 그래서 네게 “돈을 내고서라도 자원봉사의 참맛을 배우라.”라고 강력히 말하고 싶어.

신은 인간에게 세 가지 의미로 눈을 주셨다고 해. 첫째는 세상을 왜곡하지 않고 있는 그대로 볼 수 있는 눈이 되라는 것이고, 둘째는 겉으로 드러난 것만이 아닌 상대의 진심을 볼 수 있는 눈이 되라는 것이고, 셋째는 보이지 않는 수많은 곳에서 사랑이 이어지고 있음을 볼 수 있는 눈이 되라고 말이야. 넌, 자원봉사를 통해 그 의미를 배울 수 있는 사람이 되거라.

잠이 들자 나는 인생은 행복한 것이라고 꿈꾸었다. 깨어나자 나는 인생은 봉사라는 것을 알았다. 나는 봉사했고 봉사하는 삶 속에 행복이 있음을 알게 되었다. - 타고르

한 기관에서 자원봉사를 시작한다면 최소한 1년은 유지하거라. 그 만남 속에서 진하고 애틋한 인연이 시작될 테니까!

세계를 무대로 살아라!

아빠가 아는 한 학생은 부모님을 따라 독일에 가서 어린 시절을 보냈단다. 그리고 중학생이 되었을 때 다시 우리나라로 돌아왔지. 그런데 우리나라의 학교 현실 속에서 그 학생은 공부를 잘할 수 없었어. 배운 것이 너무나 달랐고, 무엇보다 생각하는 방식이 너무 달랐거든. 결국 그 학생은 거의 꼴찌로 중, 고등학교를 졸업했지. 그다음은 어떻게 되었을까? 놀랍게도 미국의 한 대학에서 전액 장학생으로 이 학생을 데려갔어. 그 비결이 궁금하지?

이 학생이 고등학교 시절에 했던 특별한 행사 때문이야. 이 학생이 주목한 것은 독일과 우리나라의 사회적 현실이었어. 독일은 분단된 이후 먼저 통일을 했고, 우리는 아직도 분단된 상태로 살아가고 있지. 먼저 통일한 독일의 학생들은 변화된 사회 모습에 대해 어떻게 생각할까? 그리고 통일을 준비하는 우리나라에 어떤 조언을 할 수 있을까? 이 학생은 통일을 바라보는 독일 학생들과 우리나라 학생들의 국제회의를 진행했단다. 이 학생이 이런 주제를 잡을 수 있었던 것은 독일에서의 경험이 있었기 때문이고, 쉽게 일을 진행할 수 있었던 것도 독일에 친구들이 있었기 때문이야. 또한 자신이 독일 학생과 우리나라 학생들의 의사소통도 해결할 수 있었기 때문이지.

세계를 무대로 산다는 건 우리나라에 필요한 것을 남들보다 빨리 알수 있고, 또 그런 추진력을 얻게 된다는 의미를 담고 있지. 아빠가 기회가 있을 때마다 소개했던 프리 더 칠드런(http://www.freethechildren.org) 국제어린이단체도 그런 의미를 강조했어. 크레이그 키엘버거라는캐나다 청년은 12살 때 파키스탄의 카펫 공장에서 고통스럽게 생활했던 이크발 마시흐라는 아이의 이야기를 듣고 그런 아이들을 돕기 위해이 단체를 만들었단다. 한 사람의 시작이 전 세계 3만 명이 넘는 아이들을 도왔고, 400개가 넘는 학교를 세우게 되었지. 그런데 북한 어린이까지 돕는 이 단체의 해외 지부엔 우리나라가 없어. 가까운 일본이나 중국은 있는데 말이야.

아빠는 네가 전 세계로 눈을 돌리고, 우리에게 필요한 것들을 찾아낼수 있는 사람이 되었으면 좋겠구나. 그러기 위해선 세계를 무대로 살아야 한단다. 그럼 지금 넌 무엇을 해야 할까? 네가 좋아하는 인터넷을할 때 우리나라의 소식에만 관심을 두지 말고 세계의 정보를 보는 것도 그 준비가 되겠지.

그들 자신에 대한 과거의 역사, 기원 그리고 문화에 대한 지식이 없는 사람은 마치 뿌리가 없는 나무와 같다. – 마커스 가비

PLUS TIP

세계화, 지구촌, 글로벌 시대 등 세상은 이미 하나의 생활권으로 바뀌고 있지. 그런데 깊이 생각해 봐야 할 것이 있어. 정체성의 문제란다. 진정한 세계 무대의 주인공은 외국의 문화와 생각을 그대로 받아들이는 것이 아니라 우리 민족의 시각에서, 우리나라의 상황에 필요한 것들을 수용하는 과정을 통해 만들어진단다. 민족 정체성을 가진 글로벌 리더. 그것이 아빠가 바라는 모습이지. 더불어 영어에 대한 생각을 덧붙이자면 영어도 하나의 언어이고, 세상 모든 사람에게 다 필요한 것도 아니란다. 다만 세상의 수많은 정보가 영어로 담겨 있기 때문에 영어를 잘하는 사람이 그만큼 자신의 분야에서 많은 정보를 갖게 되는 것은 사실이야. 아직까지는 세계를 무대로 살기 위해선 영어가 필요한 것이 현실이란다.

울어야 할 때를 알아라!

미국의 초대 대통령이었던 조지 워싱턴에 관한 재미있는 일화가 있단다. 당시 돈을 가장 많이 벌 수 있었던 직업 가운데 하나가 선원이었어. 워싱턴도 선원이 되기 위해 집을 나서게 되었단다. 그런데 그의 어머니가 하염없이 울기만 하는 거야. 이유를 묻자, 어머니가 대답했어.

"내가 보기에 너의 재능은 다른 곳에 있는 것 같구나."

이 어머니의 눈물 때문에 결국 워싱턴은 선원의 길을 접는 단다. 그리고 훗날 훌륭한 군인을 거쳐 미국의 대통령이 되지.

울어야 할 때를 안다는 것은 대단히 중요해. 자신의 진심을 가장 극렬하게 보여 줄 수 있는 도구란다. 그럼 아빠가 생각하는 울어야 할 때를 세 가지만 말해 주마.

첫 번째는 자신의 소신을 어쩔 수 없이 꺾었을 때란다. 우리가 잘 아는 퀴리 부인은 폴란드 출신이야. 당시 폴란드는 러시아의 지배를 받고 있어서 폴란드 말과 역사를 배우는 것이 학교에서 금지되어 있었단다.

그러던 어느 날, 학교에 러시아 관리가 감시차 나오게 되고, 한 학생을 추천해 달라고 하는데, 퀴리 부인이 지목되지.

"폴란드를 다스리는 분은 누구시지?"

퀴리 부인은 러시아 말로 대답을 해야 했어. 자신의 소신과는 다르게 말이야. 그것이 학교를 지키는 길이었으니까.

"예, 러시아의 황제 알렉산드르 2세 폐하입니다."

러시아 관리가 돌아가자 퀴리 부인은 엉엉 울었지. 억울하고 분한 그 울음은 결국 자신의 소신이 분명히 다르다는 것을 보여 줬지. 살다 보면 다른 사람이나 주변을 위해 자신의 소신을 잠시 꺾어야 할 때가 있단다. 그때는 울으렴. 그리고 네 소신을 다시 굳게 가지렴.

두 번째는 진실로 자신의 잘못을 인정할 때란다. 한때 세상을 떠들썩하게 만들었던 살인범이 있었어. 그에게 이유없이 살해를 당한 자식으로 인해 피해자의 부모는 가슴이 찢어질 듯했지. 그런데 그 부모들은 살인범을 용서했단다.

"통곡하며 울면서 잘못을 빌 때 모든 것을 용서하기로 했습니다."

이는 피해자의 아버지가 한 말이야. 살다 보면 실수도 하고 잘못을 저지를 수도 있어. 그때 진실로 자신의 잘못을 인정할 줄 안다면, 그것은 처절한 눈물로 이어질 거야. 그리고 다시는 그런 실수나 잘못을 하지 않도록 마음을 굳게 먹어야겠지.

세 번째는 좌절의 순간, 강하게 삶의 의지를 불태울 때란다. 아빠가 아는 한 영화배우는 결혼 후 사업 실패와 남편의 외도 때문에 엄청난 좌절을 경험했지. 하루 종일 일에 시달리고 밤이면 산에 올라가 남모르게 하염없이 울었다는구나. 그러면서 각오를 다졌지.

"내게 주어진 책임을 다할 거야. 내일은 오늘보다 더 나아질 거야!"

좌절의 순간, 잘못된 생각을 하는 것보다 뜨거운 눈물을 한바탕 흘리며 삶의 의지를 다지는 것이 필요하단다.

물론 세상을 살다 보면 울 일이 이보다 엄청 많을 거야. 그러나 꼭 울어야 할 때는 실컷 울고 마음을 굳게 가지렴.

슬픔이 많으면 웃음을 부른다. 기쁨이 많아도 눈물을 부른다.

– W. 블레이크

PLUS TIP

80살이 넘은 어머니 앞에서 60살이 다 된 노인이 어머니가 좋아하는 노래를 부르며 하염없이 눈물을 흘리더구나. 어머니에게 자신의 과거 불효와 지금의 애틋함을 함께 전하는 것이겠지. 눈물은 사람의 진심을 알게 한단다.

특별한 사람보다는 필요한 사람이 되어라!

예전의 아빠 직장에서 두 팀이 같은 사무실을 쓴 적이 있었단다. 두 팀의 팀장은 각기 다른 빛깔을 가진 사람들이었지. 한 팀장은 조직에서 특별한 사람이었고, 또 한 팀장은 조직에서 필요한 사람이었어. 왜냐하면 한 팀장은 탁월한 능력을 가졌기 때문에 특별히 대우를 받았고, 또 한 팀장은 그 일을 한 부서에서 오랫동안 해 왔기 때문에 일이 원활하게 돌아가기 위해선 필요한 사람이었지.

사실 부서원들의 모든 조명은 특별한 사람에게 맞추어져 있었어. 그건 상급 관리자들도 마찬가지였고. 특히 그 사람이 제안한 것이 큰 성공으로 연실 이어지면서 더욱 더 특별해지고 있었지. 반면 필요한 사람은 별 관심을 받지 못했어. 오히려 차츰 특별한 사람의 일을 보조하는 성격으로 역할이 바뀌어 가고 있었단다.

그러던 어느 날, 큰일이 생겼어. 특별한 사람이 판단을 잘못하는 바람에 엄청난 손실이 회사로 돌아온 거야. 회사에서는 변상을 요구하지 않았지만 더 이상 막강한 책임을 져 줄 수 없었어. 또 특별한 사람 입장에서도 회사에 계속 나오기가 쑥스러웠겠지.

결국 특별한 사람은 회사를 그만두었단다. 대신 얼마 후 다른 회사에 들어갔다는 이야기를 들었어. 물론 그곳에서도 특별한 사람의 대접은 받았을 거야. 남겨진 일의 뒷수습은 결국 필요한 사람이 하게 되었단다. 어떻게 해결해야 하는지를 그 사람은 알고 있었기 때문에 부서원들은 그 필요한 사람의 말을 따랐지.

10여 년이 흐른 후, 아빠는 이 두 사람의 근황을 알게 되었어. 특별한 사람은 이 분야에서 일하지 않고 다른 길을 선택해서 갔더구나. 필요한 사람은 그 회사의 핵심 관리자가 되어 여전히 필요한 존재로 살아가고 있었지. 이야기를 전해 들으니 잠시 필요한 사람이 회사를 떠났던 적이 있는데, 회사에서 그 사람을 다시 좋은 조건으로 불렀다는 거야.

조직 생활을 하면서 아빠는 특별한 사람보다는 그 조직에서 필요한 사람이 더 의미가 있다는 걸 실제로 많이 봐 왔어.

필요한 사람은 자신이 할 일과 조직 전체를 위해 할 일을 구분하지 않는단다. 조직을 위해 할 일을 찾아서 하지. 때로는 궂은일도 하고, 때로는 자료를 정리하기도 하고, 때로는 다른 조직원들을 도와가며 솔선수범하기도 해.

또 필요한 사람은 평상시에는 그 존재의 중요성을 잘 인식하지 못하지만 위기의 순간에 그 존재의 중요성이 부각된단다. 왜냐하면 필요한 사람은 자신의 전문 분야만 아는 것이 아니라 일의 전체 흐름을 꿰는 사람들이니까!

필요한 사람은 조직을 이끌고 나가는 것이 아니라 조직원들이 일을 이끌고 나갈 수 있도록 뒤에서 후원하는 역할을 하지. 그들은 언제나 필요한 것이 무엇인지를 묻고 그것을 제공해 주기 위해 노력한단다.

능력이 우선시 되는 사회, 무한 경쟁이 심화된 사회라 모두가 조직에서 특별한 존재가 되려고 노력하지만, 그에 못지않게 무엇이 조직에 필요한지를 알고 묵묵히 그것을 준비해 나가는 것도 중요하단다. 넌 필요한 사람이 되기 위해 먼저 노력하거라!

잘못된 사회를 치유하는 유일한 방법이 있습니다. 그것은 사람들을 계도하고 단련시키는 것입니다. 사람들을 계도하고 단련시키기 위한 유일한 방법이 있습니다. 그것은 자신을 더욱 단련시키는 것입니다. - 톨스토이

PLUS TIP

매사에 부지런하고 그 분야의 전문가가 되어야 필요한 사람이 될 수 있단다. 필요한 사람이 된 이후엔 특별한 사람이 되는 것도 좋은 일이지.

축제를 즐겨라!

2002년 한일 월드컵이 개최되었을 때 아빠는 충무로에서 근무하고 있었단다. 운동을 직접 하는 것보다는 보는 것을 즐기는 편이라 가끔 텔레비전을 통해 시청하는 것이 전부였지. 그런데 당시 월드컵은 온 국민을 그 하나로 집중시켰어. 직장에서 하는 이야기도 전부 월드컵 이야기뿐이었고, 방송에서도 거리에서도 온통 월드컵 물결이었단다.

그런데 그때 아빠에게 특별한 경험이 시작되었어. 그날은 직장에서 치킨과 각종 음식을 시켜 놓고 함께 월드컵 경기를 시청하기로 한 날 이었지. 의자를 한데 모아 놓고 막 텔레비전을 시청하려는데 한 선배 가 옷을 잔뜩 가지고 왔더구나. 당시 유행했던 붉은 악마 티셔츠였지.

"응원복을 입고 하면 더 흥이 날 것 같아서."

우리는 그날 대한민국이 4강에 올라가는 신화를 함께 즐겼단다. 그 런데 그것으로 끝나지 않았지. 충무로 거리로 모두 뛰쳐나온 거야. 옛 날 대학 시절 연고전을 했을 때 그 기분 이상으로 신이 났어. 낯선 사람들과 응원의 박수를 치고, 함께 어깨동무를 하며 노래를 불렀지. 평상시엔 차들만 다니는 도로를 온통 태극기의 물결로 수놓으며 사람들이 점령했단다. 그 축제의 현장을 함께 하며 아빠는 평생 잊지 못할 추억을 가지게 되었지.

그 후 아빠는 축제를 텔레비전이나 언론을 통해 지켜보는 것에서 직접 참여하는 것의 즐거움으로 만들어가기 시작했단다. 내 의지로 걷는 것이 아니라 엄청나게 모인 군중의 힘에 의해 움직일 수밖에 없었던 세계불꽃놀이 축제의 한복판에도 들어가 보았어. 계절마다, 지역마다 열리는 각종 꽃 박람회에도 다녔지. 다른 목적으로 출장을 가더라도 그 지역에서 축제가 열리면 일부러 들를 정도였단다. 그렇게 축제를 즐기다 보니 아빠에게 삶의 활력소가 되어 주더구나. 또 이 땅에서 사는 즐거움도 느낄 수 있고 말이지.

축제에 많이 참여할 수 있는 방법 중 하나는 이벤트를 활용하는 거야. 때로는 글을 써 보내기도 하고, 또 때로는 후기를 남기면 다음 축제의 초대장을 받기도 한단다. 사실 축제는 준비하는 스텝 입장에서는 많은 사람이 즐겁게 만끽해 주길 원하기 때문에 한 장의 감사 편지가 큰 힘이 되거든. 아무튼 아빠는 축제를 즐기면서 계절이 인간에게 줄 수 있는 환상에서 한바탕 놀아볼 수 있었단다.

이것은 비단 우리나라에서만 즐길 수 있는 건 아니란다. 여행을 가게 되면 꼭 그 나라 그 고장의 축제가 무엇인지 살펴보렴. 이왕이면 그 축제에 맞춰 여행 일정을 잡으면 더욱 좋지. 그 나라 사람들의 흥겨운 놀이 문화 속에서 살아 있는 삶의 현장을 체험하게 될 거다. 축제를 통해 더욱 신나게 살아갈 네가 기대되는구나.

PLUS TIP

일상 속에서도 축제의 기분을 만끽할 수 있는 장소가 있단다. 바로 재래시장이야. 그곳에 가면 마치 축제의 한 마당처럼 사람들의 활기가 넘쳐 난단다. 그들의 모습을 지켜보면 우리가 살아 있다는 흥겨움을 전달 받을 수 있지. 축제를 즐기는 가장 큰 이유는 바로 삶의 의욕이야. 모르는 사람과도 쉽게 마음의 문을 열 수 있는 공간. 때로는 좋아하는 팀의 스포츠 경기장을 찾아 소리를 한번 크게 질러 보는 것도 꽤 근사한 활력이 된단다.

명언 속의 이야기에 귀를 기울여라!

짧은 문장 하나 속에서 다양한 생각을 가질 수 있도록 만들어 주는 것이 명언이나 격언 같은 것이란다. 그런데 표현된 그 문장에만 집중하지 말고, 그 말을 한 사람과 그 말을 하게 된 배경 이야기에 관심을 가져 보렴. 그럼 또 다른 생각들이 더 넓게 펼쳐질 거야.

'예술은 길고 인생은 짧다(Art is long and life is short).' 이 말은 누가 왜 했을까? 사실 이 말은 예술가가 아닌 의학의 아버지로 불리는 히포크라테스(Hippokrates · BC 460? ~ BC 377?)가 남긴 말이란다.

옛날 사람들은 몸과 마음을 하나로 여겨서 질병을 죄에 대한 벌, 또는 신이 내린 재앙으로 여겼지. 그래서 질병은 사제를 통해 신들만이 치유할 수 있다고 믿었어. 물론 그 당시에 의사가 없었던 것은 아니란다. 하지만 의사들의 수가 많지 않았고, 의술보다는 능수능란한 언변을 중요시하며 환자를 잘 돌보지 않았다는구나.

히포크라테스는 이런 의사들을 비판하였고, 최선을 다해 환자를 돌보며 과학적인 의학을 확립해야 한다고 생각했지. 그래서 그는 다른 의사들과는 달리 질병은 자연적인 원인으로 생기는 것으로 여기고 병의 원인을 찾아내는 것을 중시했어. 또한 자연과 조화롭게 살면서 병에 걸리지 않도록 미리 예방하는 것을 강조했단다. 이 말도 그가 제자들에게 "사람의 일생은 짧은데 의술의 깊이는 한이 없어 도저히 다 배울 수가 없다. 그러니 부지런히 공부해야 한다."라고 말한 데서 유래된 말이야. 여기서 예술은 의학 기술을 말하는 것이지. 그러나 지금은 예술가의 삶은 짧지만 그가 남긴 예술 작품은 오래오래 사람들의 머릿속에 기억된다라는 의미로 풀이하고 있어.

'구르는 돌에는 이끼가 끼지 않는다(A rolling stone gathers no moss).' 이 말은 무슨 뜻일까? 이 말은 고대 로마의 문필가이자 철학자인 푸블릴리우스 시루스(Publilius Syrus · ~ BC 100)가 한 말이란다.

시루스는 원래 시리아 사람인데 고대 로마에 노예로 보내졌지. 그런데 그의 뛰어난 재치와 재주 덕분에 주인으로부터 교육을 받게 되고 마침내 자유의 몸이 되었어. 그가 남긴 격언들이 로마 사람들에게 크게 인기를 얻어 큰 성공을 얻어 시저 황제에게 큰 상을 받기도 했단다.

그런데 사실 이 말은 시루스가 언제 어떤 뜻으로 말했는지에 대해서는 알려진 바가 없어. 그래서 현재 여러 가지 뜻으로 해석되고 있지. 원래 뜻은 '한 곳에 정착하지 않고 계속 움직이는 사람은 책임감을 갖지 않는다.' 라고 알려져 있단다. '이끼'를 책임감에 비유한 것이지. 우리 말 속담에 '한 우물만 파라.' 라는 말과 같은 뜻이야. 그런데 만약 반대로 '이끼'를 '곰팡이, 먼지'와 같이 나쁜 의미로 본다면 '항상 움직이고 노력하는 사람은 녹슬지 않는다.' 라는 뜻으로 쓰여. 기계를 쓰지 않으면 서서히 녹슬어 나중에는 쓸 수 없는 것처럼 노력하지 않고 한 곳에 머물러 있는 사람의 능력도 나중에는 못쓰게 된다는 것이란다. 지금은 '직업을 자주 옮기면 돈이 모이지 않는다.' 와 '항상 움직이고 노력하는 사람은 녹슬지 않는다.' 의 두 가지 뜻으로 모두 사용되고 있지.

이처럼 각 명언 속에는 숨겨진 이야기들이 들어 있어. 네가 삶의 지혜를 넓히고 싶거든 명언 속의 감추어진 이야기들에 관심을 가져 보렴.

살아 있는 동안 위대했던 사람은 죽음 뒤에는 두 배나 위대해진다.

– T. 카알라일

PLUS TIP

사실 어떤 말이 명언이 될 수 있었던 것은 그 말한 사람이 위대했기 때문이란다. 그래서 더 그 말을 한 사람에 대해 알 필요가 있는 거야.

네가 남길 그 무엇인가를 정리해 보아라!

1977년 미국에서 발사한 우주탐사선 보이저 호에는 아주 특별한 물건이 함께 실려 있었어. 골든 레코드. 그건 혹시 모를 외계 생명체에게 보내는 지구의 메시지란다. 지구 문명을 압축해 놓은 그 레코드에는 55개어로 된 인사말, 모차르트와 베토벤 등의 음악, 그리고 지구의 자연과 인간, 문명을 대표하는 사진 등이 담겼단다. 한 마디로 지구를 대표하는 것들을 담은 것이지. 그 가운데 개인적으로 아빠가 좋아하는 사진은 - 물론 우리말로 된 '안녕하세요' 인사말도 정겹게 듣지만 - 한 어머니가 자식에게 젖을 물리는 장면이란다. 생명에 대한 존엄성과 지극히 극진한 엄마의 사랑이 묻어나는 그 장면이 가장 인간다운 모습이라고 느꼈어.

골든 레코드처럼 사람들은 한때 타임캡슐을 만드는 데 열중했었단다. 소중한 것들을 담아서 가까이는 몇 년 후에, 멀게는 몇십 년, 몇백 년 후에 열어 보게 될 용기를 묻어 두는 거야. 결국 나중에 그것을 열어 보는 사람은 선배나 조상들이 무엇을 가치있게 생각하고 소중하게 여겼는지 등을 알게 되겠지. 예를 들어 1994년에 서울 도읍지 600년 기념사업으로 남산에 묻은 타임캡슐에는 토지거래허가제 문서도 같이 담겼단다. 우리 시대 사람들이 얼마나 부동산에 대한 열기가 높았었는지 보여 주기 위함이었지. 그만큼 타임캡슐은 그 사람, 그 시대를 대표할 물건들을 담는 거란다.

그렇다면 네가 만약 이러한 타임캡슐을 만들게 된다면 무엇을 그 안에 담고 싶니? 어떤 것이 네 인생을 가장 대표해 줄 수 있을 것이라 믿는 거니? 그 생각이 정리된다면 너는 그것을 담기 위해 하나씩 준비해 나가는 삶을 살아가게 되겠지. 아빠는 네가 미리 그것을 생각하고 정리해 보면 좋겠구나. 정리한 것을 보면서 네 삶이 다른 방향으로 나아가려고 하거나 네 삶이 다소 지칠 때 새롭게 기운을 냈으면 싶다.

PLUS TIP

네가 꼭 하고 싶고, 이루고 싶은 소원 100가지를 적어 보렴. 거기에 나오는 단어, 사람, 물건 등이 너에게 소중한 것들일 거야. 그런 다음 타임캡슐에 넣어 둘 것을 생각하면 돼. 그리고 그것이 정리되면 이미 그것을 이룬 사람으로서 유언장을 남기는 거야. 100가지 소원과 타임캡슐에 담기 위해 정리한 내용, 그리고 너의 유언장이 곧 네가 네 삶에서 결코 잊지 말고 살아야 할 것들이 된단다.

그래,
너는 아빠의 핏줄로 살아라!

코를 후비벼 손가락에 묻은 코딱지를 아무 곳에나 튕기는 아빠 버릇을 곧잘 따라 하던 네가 어느새 네 인생에 대해 깊이 고민하는 나이가 되었구나. 세상에 이름을 드높인 자랑스런 아빠도 아니고 네게 물려줄 엄청난 재산이 있는 아빠도 아니지만, 그래도 이 세상에서 가장 소중한 네게 아빠의 경험을 이렇게 정리한 것은 '네 인생이 아빠보다는 더 멋진 삶이 되길 소망하는' 평범한 아빠의 진심 때문이란다.

더 많은 이야기를 나눌 수 있겠지만 이렇게 68가지로 마무리하는 것엔 이유가 있단다. 아빠가 중학교를 다닐 무렵, 아빠 인생에서 큰 나침반이 되어 준 선생님이 계셔.

담임으로 오신 첫날, 이런 말씀을 하셨지.

"우리는 지금 부산 항을 떠나 샌프란시스코로 가는 배에 모두가 함께 탑승했습니다. 망망대해를 우리는 서로에게 의지해 길을 찾아갈 것이고, 때로는 폭풍우를 견디며 모두가 이 항해를 무사히 마치길 바라고 있습니다. 잘나고 못나고를 떠나 우리에게 가장 필요한 것은 서로에 대한 믿음과 격려입니다. 저는 여러분을 믿어 줄 것이고, 여러분을 격려할 것입니다. 그래도 먼저 샌프란시스코를 다녀온 경험을 유일하게 가지고 있으니 여러분도 저를 믿고 제 말을 들어주었으면 좋겠습니다.”

그리고 선생님의 의미에 대해 말씀하셨어. 먼저 선(先), 날 생(生). 먼저 이 세상을 살아 본 사람으로서 적어도 이것만은 지키며, 이것만은 알고 세상을 살아 주길 바라는 마음으로 그것을 다음 세대에게 전하는 사람, 선생님. 그 선생님으로부터 아빠는 삶에 대한 태도와 지혜들을 배워 나갔단다. 샌프란시스코에 함께 가기 위해서 말이야. 그때 반에서 아빠의 번호가 68번이었어. 그 후론 아빠가 가장 좋아하는 숫자가 되었고, 어떤 것이든 68은 완성의 의미를 가지게 되었지.

사실 그때 선생님의 심정으로 네게 이야기를 시작했단다. 아빠의 경험을 믿고 아빠와 항해를 마칠 때까지 아빠가 지켜왔던 것, 아빠가 알고 있는 것들에 대해 너에게 전해 주고 싶었던 것이지. 선생님처럼 가르치는 것이 아니라 인생의 선배로서 경험을 나누면서!

이제 아빠의 경험을 토대로 네 인생의 지혜들을 모으렴. 네가 살아갈 인생은 아빠가 살아온 인생보다 더 즐겁고, 더 따뜻하고, 더 깊이가 있고, 더 의미가 있는 인생이 되기 위해서 69번부터는 네 삶의 지혜가 이어지길 바란다. 브라보! 나의 딸, 너의 인생!

"때로는 자신의 꿈을 향해 걷는 것보다

자신의 꿈을 접어야 하는 용기가 더 필요하고,

때로는 사랑을 표현하는 것보다

사랑을 애써 감춰야 하는 두려움이 더 필요하며,

때로는 소리 한 번 크게 외쳐 내 생각을 말하는 것보다

소리 한 번 내지 못하고 참아야 하는 인내가 더 필요하고,

때로는 사람들 속에서 어울리며 사는 것보다

사람들 시선에서 물러서 있는 외로움이 더 필요하기도 하고,

때로는 따뜻한 말 한 마디보다

그저 고개 떨구며 같이 아파할 수밖에 없는 침묵이 더 필요하더구나.

그러나 아빠는 많은 시간을

자신의 꿈을 향하고, 사랑을 표현하고,

소리 내어 생각을 말하고, 사람들과 어울리며,

따뜻한 말 한 마디 먼저 건네는 네 삶이 되길 소망한다."

사랑하는 딸에게 아빠가

글 **김성춘**

연세대학교에서 아동학을, 가톨릭대학교 대학원에서 청소년복지학을 전공했다. 웅진출판사 등에서 어린이책을 기획·편집하였으며 복지관, 청소년상담실, 산업자원부 산하 청소년단체 등에서의 지도 경험과 미래준비, 3C교육연구소, 한국독서교육개발원 등에서의 지도자 경험 등 다양한 교육계 활동을 해 왔다. 현재는 강릉원주대학교 과학영재교육원의 전임연구원으로 차세대 인재 육성에 매진하고 있다. 저서로는 《너만의 꿈을 키워라》, 《소망》, 《한국을 넘어 세계의 리더가 되라》, 《나도 주목받고 싶다》 등이 있다.